죽어야 끝나는
야구 환장 라이프

● 일러두기
저자 고유의 문체를 살리기 위해 규범 표기를 따르지 않은 표현이 일부 존재하며, 비속어와 은어가 포함되어 있습니다.

죽어야 끝나는 야구 환장 라이프

쌍딸 지음

팩토리나인

• 차례 •

쌍딸
2020. 9 . 18

야구는 신의 형벌이다

💬　　　⟳ 432　　　♡ 62　　　✉

Q 익명

야구 덕질 입문 추천 or 비추천

쌍딸
2020. 2. 12

A: 야구는 덕질이 아닙니다 실수입니다

💬　　　⟳ 579　　　♡ 53　　　✉

원만한 야구를 했더라면

나도 이렇게 될 줄 몰랐다. 이 말밖에 할 말이 없다. 삼성 야구 보다가 이 지경까지 올 줄 몰랐다. 처음에 출판 제안을 받고 드디어 나에게도 보이스피싱 같은 일이 일어나는구나 xx 재밌다 빨리 경찰에 신고하고 이거 트위터에 올려야지, 이 지랄 했는데 정말로 책을 내게 됐다. 아직도 어디서 이경규 아저씨가 튀어나와서 몰래카메라를 외칠 것만 같다. 그렇다고 진짜로 나오시면 안 됩니다. 그러면 저 진심 큰일 남. 그리고 지금 살짝 나무에게 미안하다. 앞으로 이면지 열심히 쓰고 휴지도 아껴 쓸게. 빨대도 안 쓰고 텀블러 들고 다닐게. 나 책 한 번만 내게 해줘. 응응 나 지금 무릎 꿇고 싹싹 비는 중.

　이 책을 귀한 돈 주고 구매하여 읽어주시는 분들께 깊은 감사의 뜻을 표합니다. 근데 도대체 왜 사신… 아니, 아니 모쪼록 감사합니다. 야구라는 것이 그렇습니다. 분명히 내 인생은 내 인생이고 쟤네 야구는 쟤네 야구인데 그게 구분이 잘 안 가는 것 같습니다. 쟤네 야구가 마치 내 인생과 같이 느껴져서 너무너무 괴로우면서도 그걸 내심 즐기고 있는 희한한 사람이 우리 같은 사람들 아니겠습니까. 저만 그렇다면 죄송.

　아무튼, 이 책에는 그런 얘기들만 가득합니다. 혹시 책이 재미없더라도 염려하지 마십시오. 이걸로 누군가를 쥐어팰 수 있습니다. 책은 판례상 흉기가 아니라는 말이 있던데, 알아보니까 그건 아니더라고요. 그래서 처벌을 피할 수는 없겠지만, 아무래도 빠따로 패는 것보다는 상해에 대한 부담은 덜하지 않겠습니까. 야구 진 날 대기 타고 있다가 이 책으로…. 아무튼 누굴 크게 다치지 않게 하면서 쥐어패고 싶을 때, 라면 받침대 없을 때, 가구 높이 맞출 때 등등 다양한 상황에서 활용 가능한 기능이 탑재되어 있습니다. 넓은 아량으로 이 책을 품어주세요. 제발.

아니 근데 정작 자기 지갑 열어 돈 주고 사서 읽어야 하는 건 삼성 라이온즈 아닌가? 단체로 사면 그게 다 몇 권이야. 내가 티켓이랑 유니폼으로 써재낀 돈이 얼마인데 이 정도는 보답받을 수 있지 않나, 그런 옹졸한 생각을 하는 중입니다. 단체 구매 환영. 근데 할인은 안 해줌. 제값 주고 사라 이 새끼들아.

책 쓸 때 편집자님께 혹시 땡스 투 같은 건 안 넣냐고 했더니, 요즘이 2000년대 초반 케이팝 앨범도 아니고 그런 거 없다고 하셨다. 내가 2000년대 초반 케이팝 먹고 큰 거 들켰다. 숙연.

땡스 투 대신 여기서 말씀드리겠습니다. 편집자님, 감사합니다. 저 같은 인간과 함께 일하시느라 고생 많으셨을 것이라 사료됩니다. 어머니 날 낳으시고 편집자님 날 기르시고. SK 와이번스, 아니… SSG 랜더스 아좌좌! 우리 다음에는 꼬옥 가을야구에서 만나요. 책 나온다고 축하해준 친구들아 고맙습니다. 축하해준 건지 놀린 건지 모르겠는데 모쪼록 고맙습니다. 한 번쯤은 케이팝 쉬고 나랑 야구장 좀 같이 가자. 나 책 낸다고 계약서 쓴다고 했더니 역시나 그거 사기 아니냐고 잘 알아보라고 했던 우리 여사님, 이런 훌륭한 답 없는 아빠를 낳아주셔서 감사합니다. 저거 야구에 미쳤다고 어떻게 하려고 저러냐 그랬는데 이렇게 하려고 그랬나 봅니다.

마지막으로, 이 모든 영광을 한국 최고의 적폐 야구단 삼성 라이온즈에게 돌리고 싶습니다. 이건 다 우리 한국 최고의 적폐 구단 삼성 라이온즈 덕분이다. 니들이 그렇게 야구를 안 하셨으면 내가 그렇게 화가 안 났고, 그렇게 화가 안 났으면 이렇게 글을 쓸 일이 없었을 것입니다. 우리 효자 라이온즈, 야구를 기발하게 하는 바람에 나 책도 내게 해주고 고맙습니다. 제발 다음엔 이딴 책 나오지 않게끔 원만한 야구 부탁합니다. 가을야구 좀 가자 진짜.

2021년 개막을 기다리며
쌍딸

개 막

144회짜리 아침 드라마의 서막

가을을 누구보다 뜨겁게 보낸 야구팬들의 겨울은 차갑기 짝이 없다. 물론 몇 년째 뼈 시린 가을을 보낸 삼성 팬인 내가 할 말은 아니지만, 하여튼. 가을야구 못 가고 맞이하는 겨울은 더 춥다. 야구 못 본 지가 어언 몇 개월인지 모르겠다. 야구 때문에 살고 야구 때문에 죽는, 제정신이라고는 볼 수 없는 우리 야구팬들은 개막만을 기다리며 추운 겨울을 버틴다. 야구 개같다고 욕을 그렇게 해놓고도 야구만을 기다린다. 그래 놓고 개막하면 또 머리를 쥐어뜯는다. 진심 인간은 왜 이럴까.

날이 따뜻해지면 가련한 야구팬들의 마음은 설레기 시

작한다. 벌써 옷걸이에 유니폼 걸어두고 저거 입을 날만 손꼽아 기다리며 주변 친구들한테 연락도 한다. 야 야구장 가자. 가서 치킨이랑 떡볶이에 맥주 갈기자. 내 유니폼 빌려줄게. 그렇게 꼬신다. 왜 그렇게 꼬시냐고요? 왜 야구 말고 다른 것들을 들먹이냐고요? 내 주변 사람들은 이제 다 야구 그만 보고 나만 보거든. 이런 ×발.

개막 전에 들리는 말들이라곤 죄다 야구팬들 엉덩이 들썩거리게 하는 얘기들뿐이다. 우리가 이번에 의외의 복병이 될 거다. 다크호스다. 타선만 받쳐준다면 5강 싸움 해볼 만한 전력이다. 어쩌고저쩌고. 그리고 생각한다. 야 올해는 진짜 괜찮지 않을까? 도대체 몇 년째 속냐 인간아. 그치만 그 순간에는 다 잊는다. 간악한 야구꾼들에게 놀아났던 과거들을.

개막 전에는 정말 설렌다. 시팔 드디어 야구한다 야구장 다 뒤졌다 딱 기다려라. 그러나 개막 경기 3회도 채 지나지 않아서 깨닫게 된다. 뒤지는 건 나라는 사실을. 그리고 들떴던 마음은 엉덩이와 함께 차분해지고 한 9월쯤 야구 보던 상태 그대로 리셋된다. 9월쯤에 야구 보던 상태라 함은, 이미 큰 희망은 보이지 않지만, 희망회로라도 가동하지 않으면 야구 볼 명목이 생기지 않아 억지로 응원단이 시키는 '할 수 있다!'를 외치는 상태. 대충 개구린 표정으로 응원가만 열심히 부르는 매너리즘에 빠진 평범한 야구팬의 모습을 쉽게 떠올릴 수 있을 것이다.

그렇게 144회짜리 아침 드라마가 시작된다. 뭐? 예나가 선정이 딸이라고? 뭐? 3루수가 알을 깠다고? 뭐? 꼴랑 공 세 개 던지고 내려갔다고? 뭐? 누가 사회면에 쌍판 내밀었다고? 뭐? 인스타그램에 코리안 바비큐나 구워 처먹은 사진 올리던 그 외국인 부상 당했다고? 뭐? 누구랑 누가 트레이드 된다고? 뭐? 우리 가을야구 못 간다고?

막장보다 더한 막장이다. 원래 드라마보다 진짜 사람 살아가는 얘기가 더 어처구니없는 법이다. 야구 모르는 사람들은 야구 1년에 144경기 한다고 하면 뒤로 넘어간다. 그렇게나 많이 하냐면서. 예, 그렇게나 많이 하고 우리는 그걸 다 봅니다.

맨날 야구 보면서 생각한다. 이제 야구 그만 볼 때 됐다. 이제 진짜 그만 봐야 된다. 그래놓고 폐막하면 방바닥에 누워서 전방에 고함 발사한다. 야구 언제 하나 대체! 야구 돌려내라! 야구 볼 때는 이거 법으로 금지해야 된다, 국민청원에 올리자 지랄 염병을 떨어놓고 진짜 야구 끝나면 연인 떠나보낸 월화 드라마 주인공처럼 눈물을 쏟아낸다. 이거 진짜 블랙 코미디가 아닐 수 없다. 놀라운 점은 거의 모든 야구팬들이 이와 같이 행동한다는 점이다. 내가 심리학을 전공했다면 야구팬들의 납득할 수 없는 비상식적 행동에 관해 연구했을 것이다. 그러나 안타깝게도 나는 심리학을 전공하지 않아 내가 왜 이런 상태인지 이유도 모른 채 아직도 이렇게 살고 있다.

작년 개막, 내가 게시했던 야구 일기 첫 문장은 '이 새끼들은 진심 미쳤다.'이다. 물론 긍정적인 뜻으로 쓴 미쳤다는 절대로 아니다. 이 대단하신 새끼분들께서 야구장 문 열자마자 한 점도 못 내고 영봉패를 당했기 때문이다. 작년의 나는 또 속았다면서 울부짖었고 사실 이제 속는 게 쪽팔리지도 않는 경지에 이르렀다. 올해도 속지 뭐. 올해도 속고 올해도 고소한다고 고함지르고 결국 올해도 마지막 경기 때 내년에 보자 이 새끼들아 고생했다 말할 것이다.

야구팬들은 안다. 전부 다 야구 안 본다고 해놓고 개막날만 되면 무슨 약속이라도 한 듯이 개막전 본다고 앉아 있다는 것을. 개막전 챙겨보는 야구팬들은 망한 겁니다. 물론 나도 이제껏 꾸준히 망해 왔고, 앞으로도 또 꾸준히 망할 예정이다. 그러니까 삼성 망할 놈들아 니들은 망하지 말라고 ××.

직관

돈 주고 화내기

평소에 영화 보는 걸 좋아한다. 쉬는 날 집에서 편하게 뒹굴뒹굴하면서 영화 보는 것도 재밌지만, 역시 영화관에 직접 가서 봐야 느낌이 다르다. 큰 스크린을 눈앞에 두고 빵빵한 사운드로 보고 있으면 몰입감이 죽여준다. 야구도 집에서 보는 거랑 직접 가서 보는 거랑 느낌이 다르다. 가서 보면 더 생생하게 화낼 수 있다. 눈앞에서 생 라이브로 펼쳐지는 약 세 시간의 눈물의 똥꼬쇼. 진짜로 죽여준다. 이걸 꼴랑 이 돈 주고 본다는 게 미안하기까지 하다.

물론 집에서 야구 보는 것도 재밌다. 중계로만 볼 수 있는 것들이 있기 때문이다. 공이 날아가는 궤적 같은 건 현장에서는 쉽게 확인할 수가 없다. 투수의 투구를 제대로 볼 수 있다는 점이 중계의 가장 큰 매력이다. 신인 나올 땐 공이 어떤가 싶어 더 유심히 본다. 완전 진품명품 감정단이다. '이 공의 감정가는 과연 얼마입니까? 짜잔, 500원이었습니다~' 이런 xx. 홈런 깔 때 터지는 캐스터의 샤우팅 같은 것도 중계의 또 다른 맛이다. 집에서 야구 보는 사람도 얼마든지 흥분해서 일어날 수 있다.

그러나 직관을 가야만 느낄 수 있는 것들이 분명 존재한다. 야구장 입구 딱 들어서는 순간부터 느껴지는 분위기가 오늘도 제 발로 지옥에 걸어왔다는 사실을 잊게 한다. 내 첫 직관이 언제였나, 기억도 잘 안 난다. 초등학교 다닐 때 학원에서 우르르 다 같이 몰려갔었던 기억 같은 게 뜨문뜨문 난다. 대충 핫도그 같은 거 먹으면서 빨빨 돌아다니고 시키는 대로 응원가 따라 부르던 그때는 몰랐다. 내가 야구를 지금까지 보게 될 거란 걸. 야구 보다가 병원까지 가게 될 거란 걸. 야구 보다가 책까지 내게 될 거란 걸.

야구 잘 모르는 친구들은 직관에 대한 환상 같은 게 있다. 엄청 가보고 싶어 한다. 나도 야구장 가서 치킨 뜯으면서 응원가 부르고 맥주 마셔보고 싶다는 말을 들으면, 속으로는 굳이 왜? 집에서 넷플릭스 보면서 치킨 뜯는 게 낫지 않나, 그런 생각부터 난다. 하지만 이때다 싶어서 바로 야구장으로 끌고 가기는 한다. 친구 데려갔다가 개같이 지면 그렇게 민망하고 미안할 수가 없는데, 친구는 치킨 먹는 거 너무 재밌었다고 또 오고 싶다고 한다. 이게 야구팬과 야구팬이 아닌 사람의 차이다. 친구가 재밌었다니까 다행이면서도 야구에 과몰입하는 스스로가 그렇게 비참할 수가 없다.

내가 이때까지 데려간 친구 중에 진짜 야구팬이 된 사람은 단 한 명밖에 없다. 스윙 삼진 소리 듣고 '스윗 삼진이 뭐야?' 이 지랄 하더니, 라이블리랑 라이관린이 같은 집안 사람이냐고 처물어서 내 뒷목 잡게 하던 야알못 친구 새끼다. 처음에는 응원석에 앉아서 허둥대면서 응원가를 따라 하더니, 한 5회쯤 되니까 전부 외워서 먼저 부르고 있었다. 야구장 들어가기 전에는 그 친구 피가 분명히 빨갰는데, 나와 보니 피가 파래져 있었다. 웃기게도 그 경기는 졌다. 그 친구 이제 나만큼이나 개막을 기다리고 빨리 야구장 가고 싶다고 말한다. 내가 더 당황스럽다. 어 너 뭐 하는? 갑자기 왜 그러시는…? 직관이 이런 맛이 있다. 야알못도 야구 보게 하는 그런 맛. 그다지 건강한 맛은 아닌 것 같지만. 원래 땡기는 게 몸에는 안 좋잖아요.

야구 하는 날 버스나 지하철을 타면 유니폼 입은 사람들이 꽤 보인다. 특히 그 경기가 중요하거나 의미 있는 경기일 경우 유니폼을 더 많이 볼 수 있다. 서울 놀러 가서 잠실 쪽 갔다가 (야구 보러 간 거 아님. 아 진짜 아님) 유광잠바 입은 사람들이 역에서 우르르 쏟아져나오는 걸 본 적도 있다. 국제 대회였던 '프리미어12' 경기가 있었을 때, 고척돔 가는 지하철은 10개 구단 유니폼 박람회장 수준이었다. 이렇듯 야구 보러 가기 전에 유니폼 입고 집 나서는 마음은 야구 보는 사람들만 알 수 있다.

고작 주먹만 한 공 가지고 노는 거 보러 가는데 왜 이렇게 설레고 비장한 마음이 드는지 나도 나 자신을 이해할 수가 없다. 그래서 그냥 이해하는 걸 포기하기로 했다.

다른 구장은 어떨지 모르겠지만 대구에 있는 라이온즈 파크에서는 입구부터 막 응원가가 나온다. 무슨 꿈과 환상의 나라 에버랜드처럼. 에버랜드 줄 서서 '환상의 나라로 오세요~' 듣고 설렐 나이는 지났는데, 주접스럽게도 응원가 들으면서 야구장 입성하면 막 벅차오른다. 물론 그것도 잠깐이긴 한데요 예예.

야알못들에게 야구장에서 즐기는 치맥에 대한 환상이 있는 것처럼, 야구팬들도 솔직히 야구장 가서 치맥 갈기는 상상하면 설렌다. 야구장 하면 치킨이지. 사실 한국인들 축구 볼 때도 치킨 먹고 올림픽 볼 때도 치킨 먹고 영화 볼 때도 치킨을 먹긴 하잖아. 나는 대학 합격 발표 난 날도 치킨 시켜 먹었다. 어찌 됐든 모든 게 그냥 치킨 먹기 위한 핑계에 불과한 것이다.

그치만 야구장에서 먹는 치킨은 진짜 맛이 다르다. 응원하면서 치킨 몇 조각 먹으면 내가 지금 이걸 입에다 쑤셔 넣는지 코에다 쑤셔 넣는지도 헷갈릴 만큼 정신 사납다. 치킨 씹다가 삼진을 당하거나 홈런 맞는 걸 보는 그런 개같은 상황을 맞이하면 내가 지금 씹고 있는 게 닭인지 야구공인지 분간이 안 간다. 그러다가 야구 잘 풀리면 갑자기 천상의 맛이 된다. '고든 램지가 튀긴 치킨 먹기 vs 우리 팀 홈런 치는 거 보면서 치킨 먹기'. 나는 닥후.

치킨 품에 안고 자리 찾아서 앉으면, 선수들 이름 박힌 등판이 수천 개 보이고, 파란 잔디밭 위에 선수들은 제각기 다른 이유로 분주하다. 경기 시작되면서 응원가가 나오고 1번 타자 이름 부르는 순간부터 소위 말하는 '뽕'이 차오른다. 야구 잘 풀리면 당연히 광란의 축제가 펼쳐지지만, 안타깝게도 안 풀리면 거기는 돈 주고 티켓 사서 앉아서 화내고 있는 멍청이 집합소가 되는 거다. 장내는 싸해지고 맥주보이는 바빠진다. 여기저기서 맥주 한 잔 달라고 손을 든다. 솔직히 그 정도 되면 야구선수랍시고 뛰고 있는 분들이 대신 맥주 들쳐메고 맥주팔이 소년 되는 게 낫지 않나 싶다.

내가 돈을 써서, 사회적 체면 깎아 먹을 거 각오하고 머리띠까지 쓴 채 야구장에 앉아 있는데, 앞에서 야구를 개판으로 하면 쉽게 형용할 수 없는 분노와 무력감이 찾아

온다. 그냥 그대로 앞구르기 해서 그라운드에 난입하고 실시간 검색어 1위 찍고 싶다. 요즘 레트로가 유행이라던데 그 유행 따라 옛날 쌍팔년도 관중처럼 그물 타고 오물이라도 투척하고 싶다.

분명 멋있게 이긴 경기도 직관했을 텐데, 강렬하게 기억에 남는 건 죄다 개같이 진 경기뿐이다. 2019년 9월 26일. 흐림, 야구 보러 가기 가장 적합하지 않은 날씨. 목요일, 야구 보러 가기 가장 적합하지 않은 요일. 두산, 야구 보러 가기 가장 적합하지 않은 상대 팀. 하필 나는 그날 야구를 보러 갔다.

날씨는 정말 기가 막히게 우중충했다. 바람이 불었는데 습기가 가득해서 후덥지근하면서도 쌀쌀한 게, 무슨 마라톤 완주한 예티의 숨결처럼 불쾌했다. 경기 중에는 누가 내 마빡에 침을 뱉는 것 마냥 애매한 빗방울이 떨어지다 말다 했다. 내가 그날을 왜 이렇게 정확하게 기억하고 있느냐… 바로 11대 0으로 대패한 날이기 때문이다. 그때 쉼 없이 울려 퍼지던 두산의 응원가가 아직도 생생하다. 주변에 앉았던 삼성 팬들의 말도 기억난다. 와, 저기 아파트 부른다 좋겠다.

그래서 이쪽도 아파트 불렀다. 삼성은 대패 중이었지만 어쨌든 불렀다. 이미 삼성 팬들은 열반에 오른 상태였다. 두산의 타자가 또 안타를 때려내고 드디어 두 자릿수의 점수를 향해 3루를 돌 때, 삼성 팬들은 두산 주루코치보다 더 크게 팔을 돌렸다. 피할 수 없으면 즐기라고 했다. 그런데 애초에 즐길 수 없다면 피하는 게 맞는 거 아닌가, 그런 생각을 하면서도 그냥 돌렸다. 돌아, 돌아. 구슬픈 목소리로 외쳤다. 두산의 주자도 돌고 우리의 야마도 돌았다.

그런 경기 직관하고 나면 다시는 야구 보러 가고 싶지 않다. 퇴장하면서 내가 또 야구장 오면 손에 장을 지진다고 그랬다. 그리고 어김없이 나는 또 야구장에 갔다. 응원석에 앉아서는 네이버에 '손에 장 지지는 법'을 검색했다. 장 지지는 거 그거 어떻게 하는 건데. 일단 친절하게 알려주면 차근차근 따라 해볼게.

야구장에 가면 나랑 같은 취미를 공유하는 사람들만

돌아다닌다. 나랑 같은 유니폼 입고 나랑 같은 머리띠 쓰고 나랑 같은 풍선 들고 나랑 같은 팀을 응원한다. 이게 진짜 신나는 일이 아닐 수가 없다. 야구 잘 풀린다는 이유로 생전 처음 본 옆 사람하고 하이파이브도 갈길 수 있다. 이런 소속감이 자꾸 야구장을 찾게 하는 이유 중 하나일지도 모른다. 기쁨도 같이 기뻐하면 배가 되고, 슬퍼도 같이 슬퍼하는 게 덜 처량하다. 그래도 웬만하면 같이 기뻐하는 게 낫긴 하니까 각 구단의 협조 부탁드립니다. 맛있는 거 손에 들고 귀여운 머리띠 쓴 채로 얼굴 구기게 하지 마세요 좀.

Ⓠ 익명

안녕하세요 제가 야구 정말 하나도 몰라서 너무 궁금해서 질문드려요.. 자기가 응원하는 팀이 못하면 잘하는 팀을 응원하면 안 되는 건가요..? 왜 다들 욕하면서 벗어나지 못하는지 너무 궁금해요...

쌍딸
2020. 4. 27

A: 피를 바꿀 수는 없잖아요

  1.6천 ♡ 200 ✉

Ⓠ 익명

야구 처음 보러 갈 때 룰 같은 거 공부해 가야 하나요?

쌍딸
2020. 3. 1

A: 그냥 남들 욕할 때 같이 욕하고 남들 일어날 때 같이 일어나면 그걸로 반 이상은 즐길 수 있습니다. 야구는 잘 모를 때 가장 재밌는 스포츠입니다.

  848 ♡ 125 ✉

야구장

야구도 안 하는데 여기서 농사나 짓자

케이팝 팬들의 성지는 아마 콘서트장일 것이다. 나도 많이 다녔다. 체조 경기장, 핸드볼 경기장, 평화의전당 등등. 고척돔에 갈 만한 슈퍼스타는 좋아해 본 적이 없어서 아직 케이팝 팬으로서는 못 들어가 봤다(그래도 야구팬으로서는 들어가 봤다). 야구팬들의 성지도 역시 야구장이다. 근데 콘서트장이나 야구장이나 크게 다른 게 없다. 가서 소리 지르고 노래 부르고 울고 웃고. 원래 뭐든 멀리서 보면 대강 비슷해 보이는 법입니다.

과거 삼성의 홈구장이었던 대구시민운동장은 진짜 쓰

러지기 일보 직전이었다. 얼마나 후졌냐면, 야구 하다가 정전돼서 조명이 나간 적도 있었다. 대한민국 야구 역사에 한 획을 그은 사건이었다. 그때 번트를 댄 상대 팀 정수빈은 자기가 뛰다가 기절한 줄 알았다고 했다. 뭔《신과 함께》도 아니고 염병. 정수빈 씨 눈 뜨세요. 당신 아직 아웃 아닙니다. 그거 보던 나도 쪽팔려서 기절하는 줄 알았다.

그때 당시에는 야구장에서 화장실을 안 갔다. 화장실의 위생 상태는 둘째치고, 화장실에 가기 위해 일어서는 순간 쏟아지는 따가운 눈총을 견딜 수 없었기 때문이다. 좌석 간격이 진짜 악랄했다. 그냥 앉아도 무릎이 앞 좌석에 닿는 수준이었다. 중간에서 수많은 사람의 무릎과 무릎을 넘어가려면 그냥 대역죄인 빙의해서 '죄송합니다…'를 염불처럼 외워야 했다. 나는 그 시절의 기억 때문에 아직도 통로 자리를 잡는다.

마땅히 먹을 것도 없었다. 그냥 무조건 땅땅치킨 아니면 떡볶이였다. 근데 사실 야구장 옮긴 지금도 가면 땅땅치킨 아니면 떡볶이 먹어서 할 말이 없다. 아니 근데 골라서 먹는 거랑 어쩔 수 없이 먹는 거랑은 얘기가 다르지. 어쩔 땐 미리 마트에 들러서 먹을 거 사가고 그랬다. 야구장 근처에 차려놓은 노점 몇 군데에서 파는 통닭 같은 것도 있었는데, 그거 사실 비둘기로 만든다는 소문이 파다했다.

응원가가 터무니없어도, 먹을 게 없어도, 화장실 한 번 가려면 오만 욕을 들어먹어야 했어도, 그래도 시민구장에서 보낸 그 시절은 아름답고 찬란하다. 거기서 야구 볼 땐 자주 이겼기 때문이다. 야구장 너무 후지고 먹을 것도 없고 야구를 너무 잘해요. 또 오고 싶어요. 매우 만족. 별점 5점.

국내 야구 인프라 및 돔구장 학계 최고 권위자 허구연 해설이 칠색 팔색을 했던 시민구장은 결국 새 구장이 지어지면서 역사 속으로 사라졌다. 사라졌다고 해서 진짜 깨부숴서 흙으로 돌려보낸 건 아니고, 지금은 리모델링 후 아마추어 야구장으로 잘 쓰고 있다. 어쨌든 삼성은 기깔나는 새 야구장을 지었다. 대구 삼성 라이온즈 파크, 줄여서 라팍이라고 부른다.

새 구장을 얻은 삼성 팬들은 설렘에 밤잠을 설쳤다. 거의 주택청약 당첨과 맞먹는 기쁨이었다. 개막만 기다렸다.

얼른 새 야구장 가야지. 가서 맛있는 것도 존나 사 먹고 화장실도 존나게 들락날락해야지. 그러나 안타깝게도 새 야구장 지으면서 9위로 떨어졌고, 라팍으로 이사 가고 나서는 가을야구 한 번도 못 갔다. 삼성 야구 돌아가는 꼴 보면 아무래도 새 구장 지을 때 먹거리보다는 흡연장에 정성을 기울였어야 하지 않았나라는 생각이 든다. 화날 때는 단백질이나 당류보다는 알코올 혹은 니코틴이 땡기는 법이니까.

현재 라팍은 그냥 거대한 음식 박람회장 취급이나 받고 있다. 누가 버르장머리 없이 밥 먹는데 야구 하냐? 스테이크에 족발에 떡볶이에 치킨에 시원한 맥주나 먹으러 가는 거다. 야구 보러 가면 골 아파진다. 맛있는 거 먹으러 간다고 생각해야 심신이 편안하다. 물론 그렇다고 해서 결과에 연연하지 않는 것은 아닙니다.

그래도 라팍은 정말 잘 지어났다. 국내 최초의 팔각형 구장, 홈런이 많이 나오는 펜스 거리가 짧은 구장 어쩌고 저쩌고는 모르겠고, 그냥 차 타고 가면서 한눈에 봐도 멋

있다. 팀 컬러가 파란색이라서 야구장도 파란색 범벅인데 그게 그렇게 간지 나 보일 수가 없다. 라팍은 몇 안 되는 삼성의 자랑이다. 죽여주는 응원가, 그리고 때깔 나고 멋있는 야구장. 근데 야구단이 왜 야구 말고 다른 걸 자랑해요? 묻지 마세요, 야구장에 묻어버리는 수가 있으니까.

가끔 야구 안 풀리는 날에는 그냥 야구장 싹 다 밀어버리고 거기나 농사나 지었으면 좋겠다. 야구장 진심 엄청 큰데 거기서 하라는 야구는 안 하고 그냥 굴러만 다니고 있으니까 아까워 뒤지겠다. 멋있게 야구장 잘 지어놓고 거기서 야구 안 하면 무슨 소용이냐고. 터도 좋고 땅도 넓은데 그냥 싹 밀어버리고 뚜껑에 비닐 덮고 우리 농사나 짓자. 샤인머스캣 같은 걸로. 그거 맛있더라. 샤인머스캣이 돈 잘 된다며 요즘. 일은 삼성 선수들이 하는 걸로 하고… 야구선수에서 농부로 2차 전직 뚝딱.

농담이 아니라 진짜 삼성 이대로 가면 라팍은 대구 관광 문화 산업 발전을 위한 음식 박람회장이 되든가, 거대한 하우스, 혹은 대형 코미디 연극 홀이 될 위기에 처해 있다. 야구장 지었으면 야구를 좀 해라. 원래 독서실 가면 공

부하고 피시방 가면 게임하는 거 아니냐? 왜 야구장에서 야구 안 하고 딴짓을 하냐고. 물론 딴짓하는 게 얼마나 재밌는지는 나도 아는데, 당신들은 돈을 받으시면서요. 라팍 개장한 이후로 단 한 번도 가을에 못 가봤다. 이거 실화냐? 세상이 우리를 두고 트루먼 쇼를 하고 있는 게 아니라면 이럴 수는 없다. 이제는 야구장 이름값 좀 하자고요 이 새끼들아.

응원가

나는 분명 노래방 왔는데
어떤 미친놈들이 앞에서 야구함

응원가가 없었다면 무슨 일이 일어났을까. 상상만으로도 끔찍해진다. 대한민국의 모든 1군 야구장은 불구덩이에 휩싸이고, 화수목금토일에는 프로야구의 야만적인 관람 행태가 사회면에 실려 전국민적 지탄을 받을 것이다. 그리고 이내 야구는 사회악으로 낙인찍혀 종식의 길을 걷게 될 것이다.

이렇듯 응원가는 흥을 돋우는 데에 의의가 있는 것이 아니다. 응원가는 화를 잠재우는 데에 그 의의가 있다. 응원가는 성난 민심을 적시는 방화수이자, 눈물 젖은 가여운 혼을 달래는 신의 딸랑이다.

삼성의 응원가는 명성이 자자했다. 구리기로. '응원'가인데 진심 응원하는 사람도 응원하는 기분이 안 나고, 응원받는 사람도 응원받는 기분이 안 나는 신묘한 노래를 가득 실은 8톤 트럭이 야구장을 덮쳤다. 그래도 우리는 웃었다. 왜냐하면 삼성이 야구를 잘했고, 또 야구를 잘했기 때문이다. 응원가 그거 뭔 상관인데 한국시리즈 우승할 때 부를 엘도라도만 있으면 되는 거 아이가. 머리부터 발끝까지 채태인이든 말든, 지인갑용 지인갑용 삼성의 지인갑용이 나가시든 말든, 홍련이가 안타 친다 홍홍홍을 하든 말든, 삼성은 야구를 잘했다. 그걸로 충분했다.

그리고 2016년, 삼성의 추락이 시작된 이래로 응원가는 새로운 국면을 맞이하게 된다. 더는 지옥의 하수구에서 주워온 것 같은 뽕짝으로는 분위기를 살릴 수 없었다. 앞에서 야구를 개같이 하고 있었기 때문이다. 그전까지는 야구를 잘하니까 응원가는 일종의 사이드 메뉴에 불과했다. 피자 시킬 때 같이 시키는 오븐 스파게티 정도. 맛없으면 아쉽지만, 그래도 피자가 맛있으니까 큰 문제는 없었다. 근데 피자가 망했다. 진심 개망했다. 고든 램지가 국자로

어퍼스윙 갈길 만큼 망했다. 그리고 나는 피자 맛보다 오 븐 스파게티 맛을 더 중요하게 생각하는 기괴하고도 고독 한 미식가가 되기 시작한다.

야구장에 가서 한 손에는 땅땅치킨을 들고 한 손에는 막대풍선을 든 채 응원가를 미친 듯이 불러제꼈다. 야구는 어찌 됐든 이제 상관없었다. 애초에 야구가 상관있었다면 야구장을 찾지 말았어야 한다. 나는 '최 강 삼성 안 타 구 자 훅!'을 부르짖으며 점프를 하다 앞 좌석으로 굴러떨어 질 뻔한 위기를 겪고도 노래를 멈추지 않았다. 기본 세 시 간에 추가 시간 빵빵하게 쏴주는 노래방에 왔다고 자기최 면을 건 채 구슬프게 엉덩이를 흔들었다. 분홍신을 신은 것과 다름없었다. 멈출 수 없었고, 멈추고 싶지 않았다.

타자가 호기롭게 때려 맞춘 초구가 자석처럼 야수의 글러브 속으로 빨려 들어갈 때는 배를 까고 드러눕고 싶 었다. 아웃 카운트가 올라가서가 아니었다. 응원가가 시작 하자마자 끝났기 때문이었다. 하이라이트를 부르지 못했 기 때문이었다. 누가 노래 부르는 데 초구 치래. 누가 노래 부르는데 끊으래. 노래방에서 한창 투애니원 전곡 콘서트 중인데 누가 실수로 발라드 예약하다가 취소했을 때, 딱 그만큼의 화였다.

예전에는 상대 팀 응원가에 관심이 없는 편이었다. 프로야구 역사에 길이 남을 세기의 응원가들은 당연히 알고 있었지만, 직관 가서 상대 팀 응원가에 크게 귀 기울이지 않았다. 그것도 당연히 삼성이 야구를 잘했기 때문이었다. 야구장 가서 삼성 야구 잘하는 거 보고 오면 그걸로 그만인 거지, 다른 데에 별 흥미가 없었다.

그런데 삼성이 야구를 못하기 시작했다. 야구를 못한다는 건, 직관 가서 이기는 경기를 볼 확률보다 지는 경기를 볼 확률이 훨씬 높다는 말이다. 그리고 그것은 곧 우리가 서서 응원가를 부르는 시간보다, 앉아서 상대 팀의 응원가를 듣고 있는 시간이 훨씬 길어짐을 의미한다. 그렇게 자연스럽게 상대 팀 응원가를 많이 듣게 되는 것이다. 비밀번호 4자리, 드디어 나는 다른 팀의 거의 모든 응원가를 외웠다. 이 XX 삼성 공격 시간 더럽게 짧아서 응원가 부를 시간도 얼마 없는데, 저쪽 노래라도 불러야 할 거 아니야.

야구장이 아니더라도 평소에 나도 모르게 응원가를 흥얼거릴 때가 있다. 그냥 야구에 미친 사람은 종종 그럴 때가 있으니까 굳이 이해하려고 하지 마십시오. 친구랑 버스 기다리면서 황재균 응원가를 흥얼거렸는데, 알고 보니 그게 어린이 애니메이션 〈터닝메카드〉 주제가를 개사한 응원가였다. 어쩐지 옆에 있던 애들이 힐끔힐끔 보더라. 졸지에 〈터닝메카드〉 노래를 부르고 다니는 20대 여성이 된 것만 생각하면 숙연해진다.

리그 대표 명곡으로 손꼽히는 유강남의 응원가는 나도 정말 좋아한다. 근데 LG전 보러 가서 유강남 응원가만 좀 부르면 유강남이 홈런을 날린다. 무슨 LG전 보러 갈 때마다 유강남한테 홈런을 맞는다. 그래서 무의식적으로 따라 부르다가도 입을 싹 닫게 된다. 내가 무슨 선수도 아니고 징크스가 있냐고요. 그냥 삼성이 못하고 유강남이 잘하는 거라고도 볼 수 있지만 이런 xx.

응원가를 잘 알면 일상생활이 안 된다. 어디서 음악 좀 나오면 어 이거 누구 응원가, 이렇게 살아야 된다. 근데 가만 보면, 내 주변 기복 없이 잘하는 팀의 팬들은 상대 팀 응원가를 잘 모른다. 내가 이거 누구 응원가 원곡 아니냐, 누구 응원가 재밌지 않냐고 해도 잘 모른다. 자기 팀의 야구 자체가 재미있기 때문에 그걸로 족한 것이다. 그러나 야구 못하는 팀의 팬들은 야구의 부수적인 요소들에 상당히 관심이 많다. 유니폼, 먹거리, 응원가 등등. 그래야 야구를 더럽게 못하더라도, 야구장 가서 최대한 즐길 수 있기 때문이다. 나 안 운다. 나 안 우니까 우냐고 물어보지 마라.

삼성이 비밀번호(86쪽 참고)를 차근차근 갱신해 나가는 동안, 우리의 오븐 스파게티는 마침내 경지에 올랐다. 통신사 광고를 강타한 짭도라도, 크보 최고의 관종 이학주를 교주로 만든 응원가의 아버지. 한국 프로야구의 베토벤, 삼성의 메시아. 김상헌 응원단장은 매해 새로운 역사인, 창단 이래 최악의 암흑기를 빛의 리듬으로 구원했다.

프리미어12에 남들은 자기 팀 선수가 몇 명 차출됐는지가 자부심이었지만, 삼성 팬들은 우리 팀의 응원단장이 차출됐다는 것이 자부심이었다. 국제대회, 국가대표로

2루에 김상수가 있다는 것만큼 단상에 김상헌 응원단장이 있다는 것이 감격스러웠다. 우리 집 정수기는 국대 응원단장 나온다. 옛날에는 우리가 남들 응원가 잘 뽑는다고 부러워했는데, 이제는 남들이 우리 응원가 잘 뽑는다고 부러워한다. 반대로 이제는 우리가 남들 야구 잘한다고…, 아 됐고 삼성 응원가 IF 들어보십시오. 삼성은 오븐 스파게티 잘합니다. 피자는 시키지 마십시오. 아 아무튼 시키지 마십시오.

그런데 진심 2020년에는 이 오븐 스파게티를 못 먹어서 굶어 죽을 참이었다. 코로나가 직관을 도려내 가버렸습니다. 프리미어12 때 지금까지 꾸역꾸역 참아왔던 다른 팀의 응원가를 목놓아 부르던 야구팬의 얼이 아직도 살아 숨 쉬는데, 이거 진짜 말도 안 된다. 코로나 개새끼야 내 응원가 돌려내라고요. 야구장 가서 톡 치면 터질 것처럼 땡땡한 막대풍선 들고 음악이 없지만 있는 것처럼 안타! 안타! 해줘야 한다고요.

그래도 이겨냅니다. 마스크 쓰고 손 벅벅 씻으면서 이

겨냅니다. 다시 야구장 가는 날, 또 초구로 응원가 끊는 놈에게 역정 내기 위해.

승리

도저히 못 끊겠어요

'한국시리즈 우승 vs 10억' 둘 중에 뭐 고를 거냐는 질문을 받은 적이 있었다. 그때 뭐 골랐냐면, 전자 골랐다. 이거 완전 미친놈이죠? 저도 그렇게 생각합니다. 아니 근데 한 번만 들어보세요.

한국시리즈 우승은 실력과 돈과 우주의 기운이 한번에 모여 터져야 이룰 수 있다. 근데 FA에서 100억을 써도 우승할까 말까 한 판에 10억? 어림도 없지. 그래서 한국시리즈 우승을 선택했다. 여기서 문제점 하나, 애초에 10억을 삼성 야구에 쓰려고 함. 도대체 왜 이러냐고요? 야구 좀 이기고 싶어서요.

믿기지 않겠지만, 놀랍게도 삼성 라이온즈와 나는 남이다. 그런데 왜 나는 남이 이기는 데 가슴이 웅장해지냐고. 과몰입이 질병이라면 나는 이미 중증에 말기에 어쩌고 저쩌고 안타깝습니다, 치료 불가 상태입니다… 하고 의사가 내 손 잡아줄 것이다.

야구 보고 싶을 때가 있다. 한 시즌에 144경기나 하는데 야구가 보고 싶을 때가 있다. 야구 보고 있는데도 야구 보고 싶을 때가 있다. 이게 무슨 말이냐면, 야구다운 야구를 보고 싶다는 말이다. 이기는 야구 보고 싶다는 말이다. 더럽고 추악한 코미디쇼 말고, 공 던지고 치고 달려서 점수 내고 이기는 멋진 야구가 보고 싶다는 말이다.

승리한다고 다 같은 승리가 아니다. 승리도 종류가 다르다. 1회부터 술술 풀려서 선발이 오래 잘 버티고, 불펜이 잘 지키고, 빠따는 점수 잘 뽑아서 무난하게 이기는 경기를 보는 날은 1년 중 손에 꼽는다. 과장 같아 보이지만, 이렇게 이기기는 쉽지가 않다. 물론 삼성의 얘기입니다. 다른 구단은 사정이 다를 수도 있습니다.

그렇다면 대부분의 야구 경기는 어떻게 돌아가느냐?

얼어맞고 쥐어패고를 끊임없이 반복한다. 물론 덜 얼어맞고 많이 쥐어패는 게 좋겠지만, 그게 잘 안 되니까요. 아니면 아무도 못 때리고 '야 먼저 쳐 봐! 쳐 보라고'만 세 시간 하다가 딱 한 대 때리고 밍밍하게 이기는 경우도 있다. 그래도 졌잘싸(졌지만 잘 싸웠다)보다는 꾸역꾸역이라도 이기는 게 낫다 이 말이야. 야구 이기면 두 발 뻗고 잘 수 있다. 가끔 너무 처절하고 강렬한 승리를 거두는 날에는 잠 못 들기도 하는데 아무튼. 이긴 날에는 이불 덮고 누우면 은은한 미륵의 미소가 떠오른다. 아 오늘 야구 개쩔었다. 내일 야구 또 봐야지.

야구 이겼을 때의 기분은 야구 이겼을 때밖에 느낄 수 없다. 야구 보는 게 아무리 x같아도 끊을 수 없는 이유가 여기에 있다. 고도의 집중력으로 자아를 야구팀과 완벽히 일치시킨 상태에서 팀이 승리했을 때 오는 쾌감은 그 무엇과도 비교할 수가 없다. 내가 직접 빠따 후려갈겨서 이기는 거 외에는 비빌 수가 없을 듯.

야구 이길 때 기분이 너무 좋아서 야구를 못 끊겠어요.

이래서 야구는 질병이다. 진짜 의사의 처방 없이 그냥 막 봐도 되는 거 맞아요? 향정신성 의약품에 준하는 효과 아니에요? 쉿, 조용. 국가가 모른 척하고 있을 때 얼른 실컷 즐겨.

쌍딸
2020. 9. 12

이 새끼들 드디어 이겼다 나 오늘 미륵의 미소 지으며 개꿀잠잔다 나 은은하고 자애로운 미소 띄우고 자는 거 보고 국립박물관에서 금동미륵 반가사유상인 줄 알고 째벼가지 않도록 문단속 철저히 한다

　　　 751　　♡ 223　　✉

 쌍딸
2020. 5. 14

얘들아... 야구 달콤하다... 이거 완전 불량식품 이다...

　　　 263　　♡ 93　　✉

그날의 야구일기

20200704

(vs LG / 6:7 승)

나는 *야구 때문에 단명할 것이다.*

오늘 야구 보다가 조상님을 몇 번이나 뵈었는지 모르겠다. 요단강에 발을 하도 담갔다 빼서 발이 퉁퉁 불었다. 야구 보다가 죽음과 부활을 경험한 사람의 얘기를 들어본 적이 있습니까? 없다면 지금부터 듣게 될 것입니다.

오늘 선발은 허윤동, 등본 잉크는커녕 등판 마킹 본드도 덜 마른 생신인이었다. 삼성의 빵꾸 난 선발 로테이션을 메꾸기 위해 고군분투하는 가여운 놈 중 하나다. 아무리 2군에서 날고 긴다고 하더라도 상대는 요즘 기세가 좋고 전자제품도 잘 만들고 통신사 품질도 일품인 LG였다. 그러나 5이닝

81구를 책임졌고 2실점을 했다. 우리가 신인에게 기대할 수 있는 거의 모든 것을 만족시켜줬다고 보면 될 것이다.

타선도 나쁘지 않았다. 1회부터 선취점을 뽑아내며 기분 좋은 시작을 가져갔고, 후에도 야금야금 점수를 얻으며 승리를 향한 밑그림을 찬찬히 그려가는 듯했다. 1점 차의 타이트한 리드를 가져가다가 김동엽의 솔로 홈런이 터졌을 때는 아, 씨발 이거 이겼다. 라는 말이 입 밖으로 튀어나왔다. 왜냐하면, 이다음에 나올 마무리 투수가 오승환이었기 때문이다. 그리고 플래그는 이렇게 세워진다.

2020시즌 기준 리그 최고의 불펜진으로 추앙받는 삼성에서도 최강으로 불리는 오승환. 그가 누구인가. 최연소 세이브 어쩌고저쩌고 한국시리즈 최다 헹가래 투수 어쩌고저쩌고 한미일 통산 세이브가 어쩌고저쩌고. 염병, 오승환은 올라오자마자 무사 만루를 만들더니 시원하게 이천웅에게 얻어맞고 동점을 허용했다. 이거 진짜 미쳤나? 나는 그때부터

말 그대로 데굴데굴 구르기 시작했다. 오늘 거실 바닥을 내가 다 닦아놔서 한 사흘간은 바닥에서 빛이 날 것이다.

뭐 오늘 미국 독립기념일이라 어디서 불꽃놀이를 한다고 펑펑 터지는 소리가 났는데 그건 사실 내 야마였다. 미친, 오승환이 블론을 했다. 오승환이. 다른 누구도 아니고 오승환이. 장필준도 이승현도 노성호도 김윤수도 장지훈도 다 막았는데 오승환이 못 막았다. 이거 진짜 몰카 아닌가? 당장 이경규가 우리 집 초인종을 띵동띵동 울리고 우리 집에 난입해 '짜잔 몰래카메라였습니다.'라고 할 것만 같았다. 진심 눈앞이 캄캄했다. 와, 오승환이 못 막았다. 이거 어떡하지?

삼성의 엑스맨 오승환이 멱살 잡고 연장까지 끌고 간 경기는 결국 12회 초, 김현수의 솔로 홈런으로 역전을 허용했다. 나는 김대우를 욕하고 싶지 않다. 급할 때마다 올라와서 불 끄고 어느 날은 선발 뛰고 어느 날은 불펜 뛰는 삼성의 콩쥐이자 신데렐라이자 소방공무원 김대우를 욕하고 싶지 않다.

그 터프한 상황에 올라와서 2이닝이나 책임져준 것이 고맙고 미안했다. 내가 원래 선수한테 고마워하는 편이 아닌데 오늘 김대우한테는 정말 고마웠다.

그리고 결국 일은 타선이 해냈다. 마침 타순도 딱 떨어지게 1번 타자 김상수부터 시작한 12회 말은, 선두 타자 볼넷 출루로 포문을 열었다. 진심 그때부터 심장이 아가리로 튀어나오는 것 같았다. 나는 무슨 대학 합격 조회하는 수험생처럼 벌벌 떨며 텔레비전을 봤다. 진짜 구라 하나 안 보태고 손발이 저리고 차가워지고 방광이 줄어들었다. 제발 지지 않게 해주세요. 이기는 건 바라지도 않습니다. 무승부라도 되게 해주세요. 무릎 꿇고 내가 아는 거의 모든 신에게 빌었다. 거의 모든 신이라고 말한 이유는, 시바 신에게는 빌지 않았기 때문이다. 시바 신에게 빌면 경기가 파괴될까 봐 시바 신에게는 빌지 않았다.

번트를 예술로 댄 박해민은 성공적으로 김상수를 2루에 올려놨다. 그리고 구자욱은 안타를 갈기며 김상수를 집으로 불러들였다. 6:6, 12회 말에 다시 승부는 원점으로 회귀했다. 진심 뇌가 저렸다. 뇌가 저린다는 말은 야구를 보는 사람이라면 이해할 수 있을 것이다. 이승과 저승 사이를 무한으로 즐기다가 끝내 이유 모를 팀의 승리를 직감할 때는 웃음도, 눈물도 아닌 뇌의 저릿함이 찾아온다. 사실 나는 진짜 통속의 뇌가 아닐까? 어떤 미친 과학자가 전기 자극을 주고 있는 건 아닐까? 그러면 이왕 하는 거 한국시리즈 우승까지 보여달라고 이 새끼야.

결국 이원석의 안타로 주자가 살아 나가고 기회는 이어졌다. 솔직히 나는 리그 최고의 관종 이학주가 끝내기로 이번 주 최고의 스포트라이트를 받을 줄 알았으나, 아쉽게도 이루어지지 못했다. 근데 4구가 어떻게 스트라이크냐고 심판 X새끼야 그거 볼 줬으면 또 모르는 일이잖아. 야구에 만약은 없다는 것을 아주 잘 알고 있습니다. 그러나 일단은 화가 나는 것입니다

투아웃 상황에 들어선 5타수 4안타 1홈런 2타점, 오늘의 영

웅 동엽이는 볼넷으로 걸어 나가며 만루를 만들었다. 이사 만루의 꽃말이 무엇이던가. 공수교대 아니던가. 그러나 이번은 그 꽃말이 적용될 수 없었다. 더는 공수를 교대할 게임이 남아 있지 않았기 때문이었다. 박승규 타석에 올린 대타 김호재. 나는 감이 왔다. 갑자기 대타 김호재라는 것에 아무런 의심도 들지 않았다. 아 씨발 이건 알파고를 넘어선 무당 허삼영의 용병술이다. 진짜 허삼영은 신이다. 김호재는 결국 이사 만루에서 사스케 뺨치는 사륜안으로 밀어내기 볼넷을 얻어내며 팀을 승리로 이끌었다.

내 장담컨대 올해 삼성의 있었던 경기와 앞으로 있을 경기를 통틀어, 144경기 중에서 가장 매콤하고 가장 달콤한 경기는 2020년 7월 4일, 오늘의 경기일 것이다. 오늘은 우리의 송아지 눈망울 김동엽이 맹타를 휘둘렀으며, 오승환이 마운드에 불을 질렀으며, 12회 말 연장의 연장 끝에 밀어내기로 승리를 확정 지었으며, 드디어 팀이 5위에 오른 날이기 때문이다. 용의 꼬리가 이렇게 오르기 힘든 자리였는지, 용의 꼬리가 이렇게 감격스러운 자리였는지, 선수들도 팬들도 미처 몰랐을 것이다. 엄마, 확실히 뱀의 머리보다는 용의 꼬리가 좋은 것 같아요.

내 취미가 야구인 것이 가장 원망스럽고, 가장 자랑스러운 날이었다. 혹시나 싶어 구해둔 왕조 시절의 영광을 누렸던 잠바가 용포보다 값지게 느껴진다. 혹 포스트시즌을 가지 못하더라도, 나는 오늘을 잊지 못할 것이다. 팀 최고의 마무리가 얻어맞았음에도 포기하지 않고 기회를 낚아챈 그 간절함을 잊지 못할 것이다. 수많은 의심으로 점철되어 있었던 시즌 초반을 견뎌내고, 9968이라는 팀 최초의 비밀번호를 찍어가는 암흑기에서 벗어날 수 있다는 희망을 보이며 5위에까지 오른 팀을, 절대 떠나지 못할 것이다.

나는 야구 때문에 단명할 것이다. 그러나, 야구 때문에 줄어드는 수명이라면 기꺼이 받아들일 것이다. 나는 야구팬이기 때문에. 삼성 라이온즈 팬이기 때문에. 야구 안 볼 건데 오래 살아서 뭐하냐 이 말이야. 나는 그냥 야구 보고 빨리 뒤지련다.

그날의 야구일기

20200508

(vs 기아 / 2:14 승)

나는 야알못이면서 아가리만 펄럭이는 xx새끼다.

우리의 위대한 삼성 라이온즈께서는 만 3세에 야구공으로 수류탄을 만들어 던지셨으며 만 5세에 배트를 타고 하늘을 날으시니 가히 전지전능하다 일컬음에 부족함이 없을 것이다.

불신은 죄이고 나는 죄인이다. 김동엽을 믿지 않았던 지난 시간을 감히 고해하며 염치없게도 미천한 무릎으로나마 내 죄를 사죄드린다. 폭발하는 축복의 방망이로 나를 불신의 죄로부터 구하신 김동엽에게 내가 그의 백성 됨을 눈물로 고한다.

지난번에 삼성이 어떤 팀이냐고 묻는다면 9회 말 대타가 박찬도인 팀이라 이르라 하였다. 그러하다, 삼성은 박찬도가 대타인 팀이다. 2타수 1안타 1볼넷 1타점 2득점을 기록한 신의 전령, 박찬도가 대타인 팀이다. 박찬도의 금빛 머리칼은 그의 능력을 암시함을 알아보지 못한 나의 우매함에 부끄러움의 눈물이 앞을 가린다.

환란의 바다에서 표류하고 있을 때는 난세의 영웅 성규코인이 어김없이 손을 내밀 것이다. 그의 손을 잡자 강에는 꿀이 흐르고, 들에는 돈이 자라며, 적금 이율이 오르고, 빚은 줄더라. 어떤 고난에도 의심치 않고 영차영차를 행하면 반드시 보답받고야 만다는 인생의 진리를, 성규코인은 가르치는 것이다.

허삼영 감독은 야구의 신이다. 알파고를 방불케 하는 데이터 분석력과 충무공을 연상케 하는 지휘력을 지닌 세기의 덕장이다. 그가 손을 뻗으니 바싹 마른 황무지에서 출루가 나고, 그가 발을 디디니 비 맞아 진 데서 안타가 솟음에 머리 조아린다.

어머니께서는 나를 낳으시고 삼성께서는 나를 기르셨다. 삼머니, 라고 불러봐도 되겠습니까. 다음 해 어버이날에는 대공원역으로 카네이션을 보내드리겠습니다. 불효녀의 속죄를 받아주십시오.

유니폼

야구는 장비빨

야구는 장비빨이다. 야구선수들이 장비 뭐 쓰시는지는 사실 나도 잘 모른다. 어련히 알아서 좋은 거 쓰시겠지요. 근데 왜 야구를 그따위로…. 어쨌든 야구 보는 우리들도 장비빨 탄다 이겁니다. 이때 가장 중요한 장비는 '유니폼'이다.

유니폼은 존나 비싸다. 가볍고 통기성이 우수하고 어쩌고저쩌고 다 때려치우고 아 일단 비싸다. 마킹 박으면 2만 원 추가. 그런데도 야구장 가보면 다 입고 있다. 이건 전쟁에 나가는 야구팬들의 군복 같은 거고, 마지막 남은 자존심이다. 전쟁을 치른다면 선수들이 치르는 거지 우리가 치르는 게 아닌데도 그렇다. 마음만은 우리가 더 처절한 전쟁일걸, xx. 유니폼들은 하나같이 통기성이 우수한 게 혹시 야구 보다 열 받쳐도 쩌 죽지 말라고 그런 건가 싶다.

어쨌든 야구장 가서 나랑 똑같은 유니폼 입은 사람들 쫙 앉아 있는 거 보면 요상하게 설레는 마음을 부정할 수 없다. 이게 야구팬들의 문제다. 야구팬들은 야구뿐만 아니라 야구에 딸린 문화를 사랑한다. 우리 자신이나 사랑하고 건강도 챙기고 야구 좀 그만 봐야 하는데, 그게 그렇게 안 되네.

내가 야구에 미친 사람처럼 보여도 유니폼은 몇 벌 없다. 유니폼에 큰돈 안 쓰는 편이다. 왜냐하면 유니폼이 구리기 때문이다. 삼성 유니폼 구리기로는 어디 나가서 절대 안 뒤진다. 무려 파란색이라는 간지 작살 컬러를 갖고 있음에도 내는 유니폼마다 터무니없다. 나는 정말 의외로 가오가 중요한 사람이다. 행색에 신경 많이 쓴단 말이야. 그런데 삼성이 내는 유니폼들은 기가 막히고 코가 막히기 짝이 없다. 내 미적 기준에 부합하지 않는다 이 말이야. 부합하지 않는 수준이 아니라 그냥 미달이다. 제정신이세요? 에잇세컨즈랑 빈폴까지 가지고 있는 제일기획이 어떻게 이런 유니폼을… 아 맞다 빈폴과 카카오 콜라보가 있었지. 궁금한 분들은 꼭 검색해보세요.

이런 이유로 몇 없는 유니폼 중에서 가장 자주 입는 건 왕조 시절 유니폼이다. 물론 예쁘기도 하지만, 굳이 그걸 고집하게 된다. 나뿐만 아니라 많은 삼성 팬들이 왕조 유니폼의 귀환을 바라고 있다. 왕조 유니폼을 입는다고 왕조 시절 야구가 돌아오는 게 아니란 걸 알면서도, 뭔가 미신처럼 집착하게 되는 게 있다.

원래 야구가 잘 안 풀리면 미신에 기대게 되는 법이다. 재작년인가, 밀리터리 유니폼 입었을 때 승률이 좋았다. '승리의 밀니폼'이라고 불렸다. 그래서 나는 특출나게 예쁘지도 않은 밀리터리 유니폼도 꾸역꾸역 입고 다녔다. 근데 안 이기더라 xx. 미신에라도 기대고 싶은 내 마음 니들은 하나도 모르심. 바보똥개명청이말미잘해삼빡빡이소화불량무좀치주질환과민성대장증후군새끼들아.

레전드로 꼽히는 삼성 유니폼이 몇 있다. 물론 좋지 않은 의미의 레전드다. 이승엽 400홈런 기념 유니폼은 보고 기절하는 줄 알았다. 금박으로 400 박아놓으면 다냐고. 라이온 킹 콜라보 유니폼은 대한민국 유니폼 역사에 한 획을 긋는 희대의 걸작이다. 진심 저걸 누가 사냐 그랬는데 야구장에서 그거 입고 앉아 있는 충신들을 보고 숙연해졌다. 저걸 사네….

SK(현 SSG)와의 경기였던 걸로 기억하는데, 경기장에 쏟아지는 오렌지빛 인간들 보고 기절할 것처럼 웃었다. 그리고 정색했다. 저거 우리 팀 유니폼이네. 그리고 2020시즌에 나온 밀리터리 유니폼. 뭔 요상한 패턴 속에서 픽셀로 깨진 사자가 울부짖고 있었다. 최선을 다해 못 본 척했는데 그게 잘 안 되더라.

팬들이 내라고 내라고 고사를 지내던 연고지 박힌 유니폼이 드디어 나왔을 때, 난 못 샀다. 평생을 앓아온 미루는 병이 있는데 그게 완치가 안 되는 바람에 놓쳤다. 12만 원 아낀 거라고 위로해봤자 가슴이 허하다. 어차피 가을야구 티켓값 굳었는데 그거라도 살걸. 생각하면 할수록 나 자신이 가련해지니 더 미련 두지 않는 것이 좋겠다. 그래도 중고로 팔 분 있으면 연락 주십시오.

아무튼 유니폼 장사는 야구팀의 쏠쏠한 용돈 벌이다. 특히 유니폼 예쁘게 내는 LG 같은 팀 보면 유니폼에 돈 쓰는 게 부러워 떼굴떼굴 구르고 싶다. 그런 거 보면 삼성은 용돈 벌 생각이 없는 것 같다. 나도 예쁜 유니폼 사고 싶어. 비싸다고 욕하면서 유니폼 결제해놓고 그거 입고 야구장 가서 사진 찍고 싶어. 유니폼 사고 싶다고 이 새끼들아. 사게 좀 만들어줘.

유니폼을 산 야구팬들은 보통 좋아하는 선수 이름과 번호를 등판에 마킹한다. 그러나 나에게는 유니폼에 마킹은 하지 않는다는 신조가 있다. 좋아하는 선수가 없는 것도 아닌데 마킹은 하지 않게 된다. 왜냐하면 사람 일이라는 게 이런 일도 일어나고 저런 일도 일어나는데, 야구선수에게 이런 일과 저런 일이 일어나면 열받아서 마킹을 북북 뜯어야만 하는 일이 벌어지고…. 아무튼 좋아하는 선수 이름까지 마킹하면 유니폼 부자 되는 건 순식간이다. 나는 언젠가 등판에 내 이름 석 자나 새기고 싶다. 뒤에서 이 선수는 누구예요? 처음 보는 이름이에요 물으면, 전데 요라고 말하기. 내 원대한 꿈이다.

2020년, 5강에 드네 마네 하면서 지지고 볶을 때 너무 설레서 왕조 시절 점퍼도 구했다. 올해는 진짜 가을야구 가는 거 아니야? 그럼 추운데 따뜻하게 입고 가야지. 그럼 옷 사야지. 중고나라에서 만족스러운 거래를 하자마자 귀신같이 순위가 떨어졌다. 개뿔, 결국 그거 입고 시즌 막바지 경기나 보러 갔다. 코로나 때문에 경기 일정 늦춰져서 좀 추울 때 한 번이라도 입어본 걸 위안 삼았다. 코로나 아주 땡큐 땡큐다 이 xx. 근데 그날 경기 졌다. 하하. 웃고 있는 거 맞습니다. 울고 있는 거 아닙니다.

우리 팀 유니폼이 너무 못생겨서 슬프다. 그럼 야구는 요? 야구는 유니폼보다 더 못생겼어요. 나는 삼성이 너무 못생겨서 눈물을 흘렸다. 올해는 울지 않을 수 있을까? 답을 이미 알고 있다. 그래서 휴지를 미리 사놨다. 잘풀리는 집으로. 그걸로 눈물 닦으려고 장만했다. 경기가 안 풀리니까 휴지라도 잘 풀려야지. 야구장에서 우는 사람을 봤을 때 말없이 휴지를 건네주는 선진 문화를 선도하는 야구팬이 됩시다.

야구선수

야구를 해야 야구선수인데요

야구 보는 사람들을 보고 야구팬이라고 한다. 그럼 야구선수의 팬이기도 한가? 잘 모르겠다. 이게 도대체 무슨 말인지에 대해서는 아주 진지하고 깊은 고찰과 논의가 필요하다.

보통 '팬'이라는 단어를 보면 아이돌이 떠오른다. 아이돌 팬은 내 아이돌이 다치지 않고 건강하고 행복하길 바란다. 누가 내가 좋아하는 아이돌을 욕하면 발끈한다. 내 아이돌은 너무 사랑스럽고 아름답고 귀엽고 예쁘고 멋있고 어쩌고저쩌고. 꽤 많은 사람들이 아이돌과의 사랑을 상상하며, 아이돌이 연애하면 괜히 좀 서운하다. 보통의 팬들은 그런 마음을 가지고 있다.

그런데 야구팬들이 과연 야구선수에게 그런 마음을 가지고 있느냐, 확인해봐야 한다. 일단 야구팬들도 야구선수가 다치지 않고 건강하기를 바란다. 정말 누구보다 간절히 바란다. 다치면 시즌 말아먹기 때문이다. 안 그래도 꾸역꾸역 있는 놈 없는 놈 싹싹 긁어모아 채우는 라인업인데, 한 명이라도 빠지면 그때부터는 골 아파진다. 절대 안 될 일이다.

행복하길 바라나? 예, 빠따 잘 휘두르시고 삼진 잘 잡고 우리 가을야구 가서 꼭 같이 행복합시다. 가을야구 말아먹은 비시즌에 띵가띵가 처놀면서 니들만 행복하지 말고 꼭 같이 행복합시다.

그다음으로, 누가 내가 좋아하는 야구선수 욕하면 발끈하나? 발끈한다. 근데 대부분 사실이라 어쩔 수 없다. 느그 팀 선수 선구안 구리고 발 느리고 당겨칠 줄만 알고 수비 잘 못함. …맞음. 느그 팀 선수 볼넷 퍼주고 주자 채우면 멘탈 흔들리고 변화구 제구 안 됨. …맞음. 느그 팀 선수 수염도 안 깎고 머리도 안 자르고 진짜 완전 못생김. …
맞음. 그냥 욕먹는 레퍼토리 거의 다 맞는 말이라 할 말이
없다. 그리고 일단 그 욕은 이미 팬인 내가 직접 입으로 내
뱉었을 확률이 100%다.

야구선수가 사랑스럽고 아름답고 귀엽고 예쁘고 멋있
고 어쩌고저쩌고 하나? 도대체 뭔 소리세요. 그냥 수염이
나 잘 깎고 다니라 그래. 야구선수 딸내미 아들내미 있으
면 그건 귀여워 죽긴 한다. '야잘잘'이라는 야구 은어가 있
다. 원래는 '야구는 잘하는 놈이 잘한다.'라는 희대의 명언
인데, 내가 뜻을 하나 더 붙였다. '야구 잘하는 놈이 잘생
긴 놈이다.' 야구선수 얼굴은 큰 의미 없다는 말이다. 물론
인물 훤하면 야구 보는 게 좀 더 즐거울 수는 있겠으나, 야
구 못하면 다 말짱 도루묵이다.

강동원이 야구장에 와 시구를 하면 환호를 받겠지만,
마운드에 서서 볼넷 연속으로 줘서 밀어내기로 점수 까이
면 생전 들어본 적도 없는 차원의 욕을 먹을 것이다. 술 안
먹고도 술 취한 것 같은 바이브의 아저씨들이 집에 가라
고 윽박지를 것이다. 기억해야 한다. 한국 야구 역사상 최

고의 꽃미남은 이범호라는 것을. 야구장에서는 야구가 곧 그 사람의 얼굴이다.

그리고 야구선수와의 사랑을 꿈꾸며, 연애하면 서운한 가? 야구팬들 대부분은 그냥 선수가 결혼한다고 하면 이제 책임질 가족이 생겼으니 야구 열심히 하겠지, 그런 생각이나 한다. 심지어 빨리 아이가 생기길 바란다. 야구선수들은 신통방통하게도 애 생기면 야구를 잘한다. 그런 걸 '분유 버프'라고 부른다. 토끼 같은 자식 맛 좋은 분유 먹이고 예쁜 옷 사 입히고 학교도 보내고 구몬도 시키려면 돈 많이 벌어야지.

아이돌 팬들은 아이돌에게 어떤 것을 바라나. 원활한 소통과 팬 서비스를 원한다. 가요 프로그램 1위는 하면 좋겠지만, 그건 팬들이 만드는 거라고 생각해서 열심히 노래 듣고 앨범 사고 투표도 한다. 그러나 야구팬들은 야구선수가 도박, 음주, 폭행 사건에 연루되지 않고 사회면에 얼굴 안 비추고 그냥 야구나 잘했으면 좋겠다. 팬 서비스는 제발 좀 하시고. 잘생기고 어린 아이돌 나오는 음악방송 입장 줄 안 서고 야구장에서 지들 사인 받으려고 줄을서 있는데 당연히 잘해줘야지. 우승? 그건 니들이 하는 거지 우리가 뭘 하는데. 그러나 가끔, 아주 가끔 간절히 바라는 게 생긴다. 딱 한 대. 한 대만 패고 싶을 때가 있다. 사실 두 대. 아니 세 대. 그런데 그건 안 되니까 그냥 허공에다가 주먹질하고 내 머리나 쥐어뜯는 거지.

이렇게 보면 이게 과연 팬의 마음이 맞나, 싶다. 근데 야구팬들은 어쩔 수 없이 야구선수의 팬이다. 그가 던지는 공을 사랑하고, 그가 치는 공을 사랑한다. 오늘 고개 숙이고 경기장을 떠났다면, 내일 빳빳이 고개 들고 승리를 쟁취하길 염원한다. 정든 선수가 은퇴할 때는 눈물 콧물 짜면서 그의 인생 2막을 응원한다. 저게 왜 야구선수냐고, 야구를 해야 야구선수인 거지 야구장에서 야구 안 하는데 저게 왜 야구선수냐고 윽박질러도. 비싼 연봉 받아먹고 저런 식으로 일하면 안 된다고, 저거 회사였으면 진작에 잘렸다고 욕해도. 우리는 결국 그들의 팬인 것이다.

아이돌에는 원래 우상이라는 의미가 있다. 그런 면에서 보면 야구선수들은 충분히 우리들의 아이돌이다. 잘생기지 않아도, 귀엽지 않아도, 춤을 잘 추지 않아도, 노래를 잘하지 않아도, 야구장에서 우리가 사랑하는 야구를 하는 그들은 우리들의 아이돌이다. 춤이랑 노래는 우리가 야구장 가서 작살나게 하니까, 니들은 야구만 잘해주세요. 직업이 야구선수시잖아요. 직업이 야구선수면 야구장에서 코미디 말고 야구를 하셔야 되는 거잖아요.

이러나저러나, 우리는 그들의 승리를 바라며 매일매일 마음을 졸인다. 승리를 거두고 그라운드에 뛰어드는 모습에 벅차오른다. 정말 억울하지만. 어쩔 수 없이, 당신은 나의 우상입니다. 어쩔 수 없이, 나는 당신의 팬입니다. 그러니까 잘 좀 하시라고요. 안티팬 되기 전에.

쌍딸
2020. 4. 28

야구팬들이 어떤 느낌으로 야구를 좋아하는지에 대해 설명드리자면... 아이돌 배우 캐릭터 등과는 전혀 다른 결입니다. 야구팬들은 야구선수를 전자제품이라고 생각합니다. 비싸도 좋으면 사고 싶어요. 신상은 기대해요. 잘 안 되면 때리고 싶어요.

 8.4천 ♡ 1.5천

Q 익명

야알못이라 진짜 궁금한데 물어볼 데가 없어서 쌍딸님한테 물어보는 건데요.. 투수랑 타자 중에 누가 욕 더 많이 먹나요?

 쌍딸
2020. 3. 8

타자는 늘 타석에 서고 늘 수비에 나오기 때문에 삼시세끼처럼 욕을 꼬박꼬박 규칙적으로 골고루 먹습니다. 반면 투수는 욕을 특식처럼 먹어요. 경기를 차르 봄바 투하 급으로 터뜨리면 그때는 한 해 욕을 하루에 다 먹는다고 보시면 됩니다.

  655 ♡ 86

유망주

존버는 승리합니다 왜냐하면
승리할 때까지 존버하기 때문입니다

야구팬들은 누구나 자신만의 주식과 비트코인을 품고 있
다. 고백하자면, 나도 매수해놓은 종목이 한두 개가 아니
다. 터져야 할 게 한두 개가 아니라는 뜻이다. 이거 다 말
아먹으면 나는 대공원역에서 신문지 덮고 자야 한다. 이거
안 되면 나 개털이다.

　야구에서 흔히들 쓰는 '유망주'라는 말 자체가 원래 주
식에서 온 말이다. 포텐셜 높아서 떡상할 것 같은 주식을
일컫는다. 야구팬들은 매년 팀에 활력을 불어넣어 줄 새
얼굴을 기다린다. 보통 신인 드래프트 1차 지명 선수는 원
래 다 알고 있는 놈이다. 고교 경기에서 이름 날리면서 이

미 지역 연고 구단의 1차 지명이 기정사실이 된다. 그런 놈들은 유망주라고 보기 어렵다. 이미 포텐셜이 터졌기 때문이다. 그렇다면 어떤 사람들을 유망주라고 부르느냐, 터질랑 말랑 사람 미치게 하는 놈들. 그런 놈들을 유망주라고 부른다.

2군에서는 날아다니는데 1군에만 오면 힘을 못 쓰는 선수들이 있다. 혹은 나이로 보나 잠재력으로 보나 포지션으로 보나 뭐든 다 딱 맞아떨어지는데 늘 1군에서 보여주는 퍼포먼스가 아쉬운 선수들이 있다. 그런 선수들은 항상 존재하지만, 이 선수들에게 기대를 거는 순간 야구장은 주식 시장이 된다. 유망주가 오늘 출장 라인업에 뜨는 순간 두 손 모은다. 가즈아 제발 가즈아. 그리고 유망주들은 보통 다시 2군으로 가게 된다. 이런 ××.

삼성의 유망주라고 하면 정인욱을 빼놓을 수 없다. 오죽 오래 유망주였으면 만년유망주, 노망주라고까지 불렸다. 이제는 자기를 쏙 빼닮은 사랑스러운 딸내미까지 있는데 정인욱만 보면 유망주라는 말이 떠오른다. 정인욱 데뷔

했을 때도 생각난다. 젊고, 가능성 있고, 얼굴까지 서글서 글 잘생긴 선수는 모두의 기대를 한몸에 받았다. 게다가 정인욱은 강심장이었다. 터무니없는 공을 던져도 본인이 너무 자신만만해서 어어 그럴 수도 있지, 하게 만들었다. 강심장은 눈에 보이지는 않지만, 투수의 중요한 능력치다. 그때 프로필 사진 정인욱으로 해놓는 친구들도 많았다. 얘 잘 된다, 두고 봐라. 그리고 2020년까지 우리는 정인욱을 두고 보게 된다.

유망주의 결말은 결국 모 아니면 도다. 대박 나든가, 아 니면 안 나든가. 삼성의 만년 유망주 정인욱은 결국 유니 폼을 갈아입게 됐다. 삼성에서 유망주 딱지 떼길 바랐는 데, 그냥 삼성 딱지를 떼버렸다. 한화 가서는 당당한 볼 말 고 당당한 스트라이크를 던지기를, 삼성이랑 경기할 땐 나 와서 멋진 투구 보여주기를. 그렇다고 너무 잘하지는 말 고. 내 말 뭔지 알지. 우리 정이라는 게 있잖아. 응원한다. 주황색 잘 받는 것 같더라.

이렇듯 유망주를 품는 일은 주식과 다를 바 없다. 주식

열심히 하는 사람들은 눈에 핏발 서도록 모니터만 보고 있던데, 유망주 품은 사람들은 그와 같은 눈으로 2군 성적과 1군 라인업을 보고 있다. 주식은 오르면 돈이라도 벌지, 유망주는 잘 되면 무슨 이익이 있어서 다들 그러고 있나요? 사실 이득 될 거 없다. 그 선수 잘 되면 본인이나 돈 잘 벌지, 보는 사람에게는 아무것도 떨어지는 게 없다. 그런데 야구 본다고 십 원 한 장 나오는 것도 아닌데 모든 걸 걸고 야구 보는 사람들이 그런 거 따질 리가 없다.

야구팬들이 기대하지 않는 건 일종의 보험이다. 믿는 도끼에 발등 찍혔다가 피를 얼마나 볼지 모르는 일이기 때문이다. 그러나 야구팬들은 앞에서는 기대 하나도 안 한다고 입을 털어놓고 집에 가서는 자신만의 비트코인을 밤새 확인하는 인간들이다. 나도 이성규 기대 안 한다고 해놓고 이번에는 일내는 거 아냐? 이번에는 진짜 아냐? 이성규가 타석에 설 때마다 더럽고 추악한 토토충마냥 눈을 희번덕거렸다.

유망주 품는 사람들은 안 그래도 야구 보기 팍팍한데 유망주 보는 재미라도 있어야 한다고 말한다. 하지만 냉정하게 생각해보면 그건 야구에 더 과몰입하는 거고, 야구 보는 난이도를 자체적으로 하드코어로 올리는 일이다. 그래도 어차피 보면서 머리 쥐어뜯는 거, 세 가닥 뽑히나 다섯 가닥 뽑히나 큰 차이 없다고. 나는 유망주 떡상을 기원하는 제를 올리러 가겠습니다. 유망주들아 잘 되면 내 덕도 있는 거니까 탈모 방지 샴푸나 몇 통 사주라.

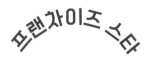

프랜차이즈 스타

우리 의리 영원히

야구장 가면 교복 입은 사람들을 많이 볼 수 있다. 진짜 교복을 입고 온다는 뜻이 아니다. 일단 대부분 교복 입으면 경찰서에서 조사 나올 나이가 돼버렸기 때문에 그런 짓은 할 수가 없다. 야구장에서 제일 많이 보이는 마킹 박은 유니폼을 교복이라고 부른다. 하도 많이 보이고 많이들 입으니까. 그리고 이 '교복'에는 보통 팀 프랜차이즈 선수의 이름이 박혀 있다.

프랜차이즈 선수는 곧 팀의 상징적인 선수들이다. 무슨 무슨 팀 하면 딱 생각나는 선수들. 구단에 오래 몸담았고, 성적도 출중하고, 팬들한테 인기도 많고 그러면 프랜차이즈 선수다. 삼성도 수많은 프랜차이즈 선수를 배출해 냈다. 이만수, 장효조, 류중일, 김한수, 이승엽 같은 선수들이 쭉 떠오른다. 류중일과 김한수는 삼성에서 감독까지 했다. 류중일은 감독으로서 삼성의 왕조까지 함께 했다. 김한수도 류중일의 뒤를 이어 감독을 맡았다. 성적은….

찬란한 왕조 시절이 끝나고 강제 세대교체가 이루어진 삼성의 얼굴은 한층 젊어졌다. 진짜 얼굴이 젊어졌다는 뜻은 아닙니다. 그럴 일은 없습니다. 간판선수들 나이대가 어려졌다는 뜻이다. 지금 야구장에서는 김상수, 박해민, 구자욱 유니폼이 가장 많이 보인다. 이 선수들이 이제는 삼성을 대표하는 프랜차이즈 선수들이다.

김상수 데뷔했을 때가 엊그제 같다. 90년생 유격수 5대 천왕 중 한 명인 김상수는 프로 무대 올라오자마자 날아다녔다. 경북고 출신의 1차 지명 유격수. 야구장에 앉아 있는 얼굴 벌건 아저씨들도 우리 상수, 우리 상수 하면서 물고 빨았다. '상수야~ 안타를 날려주세요~ 누구? 김 상수!' 김상수 하면 아직도 그때 부르던 슈퍼맨 응원가가 생각난다. 김상수는 팬 서비스도 죽여준다. 야구선수들 숫기가 없는 건지 싸가지가 없는 건지 팬들을 무시하는 경우가 꽤 있는데, 김상수는 꾸준하게 팬들에게 잘해줬다. 별명이 연쇄사인마로, 눈만 마주쳐도 사인해준다는 괴담스러운 미담까지 나돌 정도니까 말 다 했다. 삼성 야구 보는데 김상수한테 정 안 들기도 어렵다. 심지어 김상수 동생 가수라고 노래 냈다기에 노래도 들어줬다.

근데 김상수 하면 뭔가 애매했다. 수비는 국내 리그 탑수준이 맞는데, 타격이 애매했다. 내가 연어맨이라는 별명까지 붙였다. 김상수 올해 왜 이렇게 잘하지? 시즌 끝나보면 타율 2할 6푼(오차범위 ±1푼). 김상수 올해 왜 이렇게 못하지? 시즌 끝나보면 타율 2할 6푼(오차범위 ±1푼). 타고투저든 투고타저든 꾸준하게 본인의 고정타율로 돌아와서 연어처럼 회귀한다는 뜻에서 연어맨이라고 지었다. 90년생유격수 5대 천왕 중 한 명이었던 이학주가 삼성에 입단하게 되면서, 김상수는 2루에 갔다. 솔직히 팬들은 많이 아쉬워했다. 삼성 유격수 하면 당연히 김상수였다. SS(SamSung) SS(Short Stop) KSS(Kim Sang Su). 이름부터 딱 맞아떨어졌는데. 아까비.

　그러다 2루수 보직 변경 2년 차, 2020년 드디어 제대로 터졌다. 이미 2019년에 열린 프리미어12에서 김상수가 삼성 기 제대로 살려준 전적이 있었다. 삼성에서 딱 한 명 차출된 국가대표였는데, 진짜 자랑스러울 만큼 잘했다. 사실상 백업으로 간 거였는데도 프리미어12 끝나고는 김상수 기사가 쏟아졌다. 위기의 순간마다 거의 서커스 수준의 수비력으로 작살나는 애국심을 보여줬다. 방망이도 좋았다. 그렇게 2020년을 기대하게 만들었는데, 진짜 기대를 저버리지 않았다. 데뷔 후 처음으로 3할을 찍었다. 코로나 때문에 올스타전을 치르지는 못했지만, 올스타로 선정되기도 했다. 프랜차이즈 스타가 뭔지 제대로 보여준 한 해였다.

　또 한 명의 젊은 프랜차이즈 선수, 박해민은 2020년에 주장을 했다. 처음에 주장 박해민이라길래 이게 무슨 개소리냐 그랬다. 근데 생각해보니까 벌써 박해민이 주장 맡을 짬이었다. 김상수도 주장을 했었으니까. 박해민은 2012년에 신고선수로 입단해서 2020년에 주장이 되었다. 이거 완전 인간 승리다. 박해민도 삼성의 자랑 중 하나다. 중견수 박해민이 수비 잘하는 거 모르는 사람이 없다. 공보다 박해민이 빨라 보일 때도 있다. 타구 판단이랑 수비 범위도 죽여준다. 상대 팀이 날린 장타 그냥 박해민이 순식간에 삭제해버리는 경우가 부지기수다. 아니, 누가 안타를 도려내 가버렸습니다.

모두까기 인형 이순철 해설이 박해민은 날아가는 새도 잡을 거라고 그랬다. 아들내미 성곤이 칭찬은 그렇게 안 하시면서요. 숙연. 어쨌든 유튜브에서 박해민 수비 모아놓은 영상을 보고 있으면 가슴이 웅장해진다. 우리 라이온즈 수비의 심장. 근데 이제 라이온즈 공격의 맹장을 곁들인. 이런 xx. 박해민 번트 대는 소리 좀 안 나게 해라.

마지막으로 야알못인 내 친구들도 다 알고 있는 잘생긴 야구선수, 구자욱. 구자욱이 누구인가. 대구에서 태어나 대구고를 졸업하고 삼성에 입단하여 2015 신인왕을 거머쥔 삼성 성골 중의 성골이다. 프랜차이즈 스타로서의 모든 조건을 갖췄다. 지역 출신이고, 야구 잘하고, 잘생기기까지 한 선수. 근데 구자욱에게 그런 것들이 어느 정도 부담으로 다가왔던 것 같다. 구자욱에게 무슨 삼성 일병 구하기 특명이라도 떨어졌는지, 웬 거포 바람이 들어서는 죽 쒔던 시즌이 있었다. 누가 구자욱한테 빌어먹을 포스트 이승엽이라는 수식어 붙였어. 벌크업 했다가 작살나고 쥐퍼올렸다가 작살나고, 아무튼 제대로 작살이 났었다. 한 경기에 뜬공을 다섯 번 갉겨서 오뜬이가 됐으니 말 다 했다.

그래도 삼성 팬들은 구자욱이 잘했으면 한다. 구자욱이 삼성을 구원했으면 한다. 2015 신인왕을 탔던 구자욱이, 언젠가는 삼성을 일으키고 한국시리즈 MVP를 타고 골든글러브를 받았으면 한다. 삼성이 이 기나긴 암흑기를 버텨낼 수 있었던 이유의 반절은 구자욱이라고 해도 과언이 아니다. 타석에서 표정 관리가 안 돼도, 가끔 터무니없는 실수를 해도, 공 오는 족족 쥐퍼올려도, 그래도 구자욱은 구자욱인 것이다. 연봉 협상에서 프런트와 별꼴을 다 봤을 때, 구자욱 편을 든 건 당연히 구자욱의 부진을 욕하던 삼성의 팬들이었다. 이러나저러나 니랑 우리랑 끝까지 가는 거야 인마.

김상수, 박해민, 구자욱 같은 선수들이 삼성을 떠난다면 어떻게 될까. 야구장 앞에 드러누워 시위하는 그림은 양반 축에 드는 걸지도 모른다. 오승환 같은 선수도 프랜차이즈 스타지만 야구 선수로서의 마지막을 여기서 보낸다는 게 거의 확실한 선수니까, 팬들은 걱정 안 한다. 근데 지금 전성기 달리고 있는 젊은 선수들은 끝까지 함께 간다고 믿으면서도 진짜 다른 데 갈까 봐 불안하다.

이미 삼성도 놓친 선수들이 많다. 아무래도 앞길 창창한 선수들은 조건만 잘 맞는다면 떠날 가능성이 충분하니까. 그래도 보내기 싫다. 이기적일 수도 있는데, 우리 의리를 생각해서라도 남아줬으면 좋겠다. 나도 의리 있게 니들 못할 때도 꾸역꾸역 야구 보고 응원가 불러줬잖아. 니들도 우리한테 의리 좀 지켜주라. 그런 유치한 마음이 생긴다.

프랜차이즈 선수라는 게 그냥 단순히 팀에 오래 몸담아 온, 야구 좀 잘하는 선수 정도가 아니다. 우리는 그들의 야구를 첫 페이지부터 읽었다. 그래서 마지막 페이지까지 같이 써 내려갔으면 좋겠다. 그들의 야구 역사가 곧 나의 역사기에, 그걸 끊어지게 하고 싶지 않고, 이어가고 싶다. 웬만하면 여기서 잘 풀려서 커리어 대박 나고, 우승 트로피도 몇 번 더 같이 들고 했으면 좋겠다. 욕도 배로 먹고 사랑도 배로 받는 프랜차이즈 선수. 끝까지 같이 야구 하자. 다치지 말고, 사회면에서 보지 말고. 부디 우리 의리 영원히.

절취선연합

우리들만의 리그

내 트위터를 본 사람들이 묻는다. 절취선연합이 대체 뭔가요? 모르시는 게 당연합니다. 제가 만든 말이기 때문입니다. 절취선연합은 무슨 절취선으로 잘린 것마냥 가을야구 진출과는 전혀 다른 세계에 떨어진 팀들을 말한다. 당연히 삼성도 거기 껴 있다.

통칭 가을야구라고 부르는 포스트시즌은 정규시즌 상위 5팀까지만 진출할 수 있다. 한국 리그에는 팀이 10개가 있다. 그중 반은 가고 반은 못 간다는 소리다. 그리고 신기하게 그거 못 가는 팀들은 서로 낯이 익다. 아이고, 안녕하세요. 올해도 가을에 쉬시나 봐요. 저희도 쉬는데.

비밀번호라는 말이 있다. 하루에 4번 사랑을 말하고 8번 웃고 6번의 키스를 하는 그런 아름다운 게 아니고, 위보다 아래에서 세는 게 빠른 순위를 몇 년 기록하면 그게 비밀번호가 된다. 보통 하루에 4번 실책 하고, 8번 삼진 당하고, 6번의 투수교체 하면 비밀번호 찍는다. 삼성 라이온즈의 비밀번호 99688. 순조롭게 다섯 자리를 기록했다. 이게 길어지면 전화번호가 되고, 계좌번호가 된다. 우리 아직 계좌 개설은 안 했으니까 불행 중 다행이라고 볼 수 있겠다. 이런 ××.

정규시즌을 치르다 보면 승률이 보인다. 5할 승률이면 경기 절반은 이긴다는 소리다. 그리고 절취선연합 팀들의 승률은 대부분 5할 아래에 자리 잡고 있다. 확률적으로 패배할 가능성이 더 높은 경기를 꾸역꾸역 챙겨보고 있는 사람들 정신상태가 정상일 리가 없다.

절취선연합은 가입과 탈퇴가 자유롭다. 가을야구 가면 탈퇴고, 못 가면 가입이다. 근데 분명 들어갈 때도 마음대로고 나갈 때도 마음대로인데 매년 그 얼굴이 그 얼굴이다. 가을야구 못 간 지 5년째, 정든 이웃이 늘었다. 대충 낮은 순위, 그 층수에 부대끼면서 살다 보면 서로서로 안부도 묻고 그런다. 오늘 저희 7층이랑 8층 입주민이랑 경기합니다. 저희가 8층 입주할 것 같습니다. 미리 방 빼주세요. 그러면 8층 입주민들은 말한다. 무슨 소리세요. 저희는 무난하게 8층 사수하고 9층까지 노리고 있습니다. 블랙 코미디가 따로 없다. 오합지졸들끼리 자강두천 몇 번 하다 보면 정도 들고 하니까. 그렇게 말 그대로 연합이 되는 거다.

이렇게 가을야구행 막차 버스 진작에 보내놓고 정류장에 허망하게 앉아 노가리나 까는 팀들이 절취선연합이다. 버스는 떠났지만 우리들의 야구는 계속된다. 사실 진짜 야구는 버스 떠난 다음부터라고 해도 과언이 아니다. 가을야구도 안 걸려있는데 왜 그렇게 열심히 봐요? 가을야구보다 더 처절한 것이 걸려있습니다. 바로 닳고 닳아 야구공보다 작아진 우리의 마지막 자존심입니다.

가을야구를 못 간다고 해서 야구 그만 볼 거였으면 애초에 야구 안 봤다. 진작 그만 봤어야 됐다. 근데 우리는 야구 보잖아. 가끔 캐스터가 경기 도중 그런 말을 한다. 포스트시즌 진출 팀이 확정됐지만, 팬들은 지금 열띤 응원을 하고 있습니다. 진정한 팬이십니다. 저기요, 우리 그딴 포장 필요 없습니다. 한 번이라도 더 이기는 모습 보겠다고 핏발 선 눈으로 야구 보는 우리들은 육신 있는 망령에 불과합니다.

야구팬들은 야구를 최대한 오래 보는 게 소원이다. 웬만하면 가을야구 가서, 웬만하면 한국시리즈까지 가면 좋겠다는 말이다. 근데 이 새끼분들은 야구 오래 보고 싶다는 말을 연장 가달라는 말로 알아듣는 건지, 허구한 날 자강두천 펼치다가 결국 연장까지 가서 보는 사람 복장 터지게 한다. 우리도 집이라는 게 있어요. 집 가고 싶어요. 그러면 그걸 또 개떡같이 알아들으시고 얼른얼른 헐레벌떡져서 집 가게 한다. 환장할 노릇이다. 친구 집 개 민식이가 삼성보다 내 말 잘 알아듣는다. 민식아, 물어. 아니, 아니 삑삑이 말고 저 새끼들 물어.

가을야구 못 가는 팀 팬들은 우리 야구 못 보는 게 너무 억울해서 결국 남의 가을야구까지 본다. 원래 야구팬이라는 게 우리 경기 우천 취소되면 채널 돌려서 다른 팀 경기 보는 사람들이다. 남의 가을야구는 정말 재밌다. 공 하나하나에 울고 웃지 않아도 된다. 남의 야구니까. 무슨 백화점 가서 아이쇼핑하듯이 남의 경기 구경한다. 와 여기서 이게 이렇게 되네. 저게 저렇게 된다고? 근데 왠지 허한 마음은 어쩔 수가 없다. 방바닥을 떼굴떼굴 구르면서 머리 쥐어뜯으며 보더라도 우리 야구 보고 싶다.

올해 절취선연합 가입 팀은 누가 될까. 모르겠고 일단 탈퇴 좀 했으면 좋겠다. 5년 연속 우수회원인데 이제는 탈퇴할 때가 되지 않았나? 원래 막 가요프로그램도 1위 많이 하면 못하게 하고 그런 거 있잖아. 개막이 설렘이자 걱정인 모든 절취선연합 팀에게 열렬한 연대와 지지를 표한다. 우리 절취선연합 회원님들, 다음에는 꼭 절취선 위에서 봅시다. 가을에 남의 야구 말고 우리 야구 봅시다.

쌍딸
2019. 9. 14

야구 못하는 팀 특:

못할 때 우르르 못함
홈런 아니면 점수 안 남
홈런스윙하다가 아웃됨
선발승 챙겨야 될 때 못 챙겨줌
투수가 맞을까 봐 볼질하다가 쌓여서 터짐
응원이 신나고 열정적임
잘될 때 생각하며 추억팔이 함
내년 생각하며 희망회로 돌림
구단주가 뉴스에 나옴
내가 좋아하는 팀임

    436   ♡ 80   ✉

 쌍딸
2020. 11. 2

우리도 롱패딩 있고 우리도 핫팩 있어 우리도
돈 있고 우리도 티켓팅 할 줄 알아 우리도 자존
심 있고 우리도 심장 있어 우리도 가을야구 볼
줄 알아 절취선연합이면 퍼가

    694   ♡ 122   ✉

실 책

혹시 튀김집 사장님이 꿈이세요

인간은 누구나 실수할 수 있다. 직업이 야구선수만 아니라면.

점수 많이 내고 적게 잃어야 이기는 게 야구인데, 그게 잘 안 돼서 맨날 지는 게 야구다. 점수 못 내는 건 그렇다 치자. 그렇다고 칠 수 없긴 한데, 일단 그렇다고 치자. 그러면 최대한 덜 잃어야 하는데, 그게 맘대로 잘 안 되시나 보다. 공을 가끔 놓칠 때도 있으신가 보다. 왜요? 직업이 야구선수인데 왜요? 내가 묻잖아. 대답해보라고.

그냥 뻥뻥 맞아서 점수 잃는 건 어쩔 수가 없다. 우리 투수가 못 던졌고 상대 타자가 잘 친 걸 우짜겠노. 그건 깔끔히 인정한다. 욕 한 번 하고 잊어야 된다. 근데 떼굴떼굴 굴러가는 공, 보급 상자마냥 나풀나풀 떨어지는 공을 못 잡는 건 얘기가 다르다. 그걸 왜 못 잡으시는. 너 뭐하는? 투수 뒤에 있는 일곱 명의 야수는 분명 같은 유니폼 입고 있는데, 그럴 때마다 우리 편인지 남의 편인지 분간이 안 간다.

실책이 나오는 상황은 아주 다양하다. 근데 내가 그걸 거의 다 눈으로 본 적 있다는 게 믿기지 않는다. 이게 나라냐? 이게 야구냐?

투수가 던진 공을 포수가 제대로 잡지 못하는 일이 있다. 놀랍게도 그런 일이 일어난다. 심지어 자주 일어남. 투수는 공을 던지는 사람이고 포수는 공을 잡는 사람인데도 불구하고. 그리고 더 놀라운 점은, 못 잡는 것도 모자라 공을 잃어버리기까지 한다는 것이다. 차라리 공에 이름 써놔라. 1학년 2반 홍길동. 그래야 친절한 아저씨가 공 보면 찾아 주지 미친놈들아. 공 잃어버리면 어떻게 되냐고요? 상대 팀 주자가 존나게 뜁니다. 존나 뛰어서 공짜로 출루합니다. 이건 뭐 아낌없이 주는 나무.

그때, 도루하는 거 막겠다고 포수가 2루로 공을 쏘는 순간, 나는 그냥 눈을 질끈 감는다. 왠지 저게 뒤로 빠질 것만 같기 때문이다. 왜 슬픈 예감은 틀린 적이 없냐고. 공은 2루수 머리 위를 넘어가고, 헐레벌떡 뛰어가서 공 주워와봤자 이미 늦었다. 2루 안 주겠다고 공 던졌는데 3루까지 주게 되는 진짜 멋있는 상황. 2루는 안 된다. 그러나 3루는 된다. 이게 무슨.

무난하게 굴러오는 내야 땅볼. 아 진짜 이거 못 잡으면 야구 아니지. …야구가 아니었습니다. 이 새끼들 글러브에 기름칠을 해놓은 게 틀림없다. 그거 끼고 치킨이나 오징어 튀김이라도 주워 먹은 게 아니면 그런 현상을 설명할 수가 없다. 글러브가 미끄러우니까 저걸 못 잡은 거겠지? 그렇겠지 xx새끼들아?

야수 세 명이 뜬 공 잡겠다고 우르르 모이는 그림이 제일 끔찍하다. 세 명 중에 그 누구도 잡지 못하는 일이 벌어지기 때문이다. 남에게 미루지 마. 본인이 해야 할 일은 본인이 해. 눈치 보지 말고 좀. 그러나 그 누구도 잡지 못하고 정확히 중간에 공이 떨어지거나, 손발이 안 맞아서 지들끼리 부딪치거나 하는 거 보면 이게 야구인지 코미디인지 잠시 헷갈린다. 보고 있으면 웃음 나오니까 일단 코미디인 듯.

실책이 x같은 이유는 그 한 번의 실수로 끝나지 않는다는 것이다. 야구는 흐름이고 분위기다. 누가 눈치 없이 제대로 못 하면 다운된 분위기를 쉽게 끌어올릴 수가 없다. 그걸 바꾸는 방법이 있긴 있다. 상대 팀이 아주 멋진 실수를 하거나, 우리가 뻥뻥 치거나. 근데 후자가 잘 안 된다. 당연함. 그래서 전자를 바랄 수밖에 없다. 그냥 손바닥에서 피가 날 때까지 싹싹 비는 것이다. 미신에 기댈 수밖에 없는 개같은 무속 야구.

어떤 환영을 봤길래 아무도 없는 곳에 냅다 공을 던지는지, 도대체 뭘 주워 먹었길래 글러브가 그렇게 미끄러운지, 알고 싶지도 않다. 그냥 딱 한 대만 때렸으면 좋겠다. 아니 두 대만. 아니 세 대만.

누가 공 튀기래 이 xx. 공 한 번만 더 튀겨봐. 야구선수
접고 튀김집 사장님으로 새 인생 시작하게 해준다. 〈생생
정보통〉 출연 맛집 되게 해준다. 내가 거기서 인터뷰도 해
준다. 이거 먹으려고 세 시간이나 차 타고 왔어요! 완전 짱
이에요! 근데 사장님 그때 그 경기에서 공 왜 놓쳤어요?

잔루 만루

남기면 지옥 가서 비벼 먹는다

이사 만루의 꽃말이 뭔 줄 아십니까? 이닝 교체입니다. 점수를 못 낸다는 뜻입니다.

베이스가 꽉 차면 야구 보는 사람들은 그러고 싶지 않아도 어쩔 수 없이 네 글자를 떠올린다. 만루 홈런. 진심 상상만으로도 가슴이 웅장해진다. 빽빽하게 들어찬 주자들을 싹싹 긁어 집으로 데려오는 시원한 스윙. 담장을 넘어가는 공. 빠따 한 방에 4점을 하사하는 조물주가 내린 축복. 그러나 그런 일은 잘 일어나지 않습니다. 당연함.

사실 만루 홈런을 기대하는 것은 사행성에 가깝다는

것을 알고 있다. 그래도 만루인데, 대충 저기 외야에 공 한 번만 떨어뜨려 줘도, 내야를 빠르게 뚫고 나가는 공 하나만 때려줘도 점수는 충분히 날 수 있단 말이지. 그것만으로도 충분하다. 근데 왜 만루인데 점수가 안 나냐고. 만루인데 이사다? 이사 만루다? 그러면 그냥 광고 볼 준비나 해야 된다.

잔루 만루가 거지 같은 이유는 희망 고문의 시간이 길기 때문이다. 무려 주자 세 명이 베이스에 출루하는 동안 행복회로는 서서히 가열된다. 볼넷으로 나갔든 안타로 나갔든 뭐 어쨌든 간에 베이스가 하나하나 채워지는 동안 온갖 시뮬레이션을 돌려본다. 그 시뮬레이션 안에 이 이닝을 그냥 끝내는 케이스는 없다. 무조건 점수를 낸다고 생각하고 보고 있다.

그런데 주자는 쌓이는데 점수는 안 나고 아웃 카운트만 쌓여 간다? 살살 불안해지기 시작한다. 아 도깨비님 장난 그만하시고 빨리 제 점수 주세요. 그런데 도깨비님은 장난이 아니었던 거임. 진심이었던 거임. 정신 차려 보면 베이스에서 세 놈은 멀뚱멀뚱 서 있고 어느새 아웃 카운트 두 개. 마지막 공격 차례가 와 있다. 그 이후 보통 어떤 상황이 일어나느냐?

'투아웃, 주자는 만루입니다. 배터리가 이 위기상황을 잘 해결할 수 있을지. 지금 베이스를 다 채운 상태에서 아웃 카운트가 쌓였거든요. 네. 어떻게든 점수를 만들어 내는 플레이를 이어가줘야 하는데, 지금 그걸 못 해주고 있어요. 네, 그렇습니다. 타석에는 홍길동 선수, 오늘 안타 없습니다. 한 방에 의지하는 것보다는 타선의 응집력을 끌어올리는 것이 중요한데 그게 잘 안 되는 것으로 보여져요. 스윙, 낮은 공에 방망이 돌아갑니다. 지금 삼성은 이 기회를 못 잡으면 흐름이 끊어질 거거든요. 말씀드리는 순간 공은 높이 떴구요. 예, 이런 그림이 나오면 안 되는 거거든요. 좌익수가 잡아냅니다. 잔루는 만루, 삼성 라이온즈의 공격이 마무리됩니다. 여기는 대구 삼성 라이온즈 파크입니다. 빠바바밤빠바바바바바밤. 빠밤. 빠밤.'

웃기죠. 거짓말 같죠. 근데 진짜입니다. 진짜 이렇게 점수 한 점도 못 내고 끝남. 주자 세 명 출루하고 투수 아웃카운트 세 개 먹는 거까지 다 봄. 근데 아무것도 얻은 게 없음. 가열했던 행복회로는 이미 홀라당 타서 한 줌의 재가 됐다. 이거 보고 우는 사람이 있다면 위로해주십시오. 그는 야구팬이기 때문입니다.

믿어지십니까? 실컷 주자 잘 쌓아놨는데 그걸 아무도 점수로 만들어주지 않는다는 게. 형님 먼저 아우 먼저 하면서 만루에서의 득점 찬스를 서로서로 양보한다는 게. 그러다가 결국 아무도 점수 못 내고. 이 미친 우애 깊은 야구단. 무슨 베이스가 카페 쿠폰 도장도 아니고. 왜 주자 실컷 쌓아놓고 점수 못 따고 이닝 끝내시냐고요. 염병 잔루 10개 모으면 커피 한 잔 주냐? 그러면 도대체 커피가 몇 잔이야 이 xx. 나는 콜드브루.

옛말에 음식 남기면 그거 지옥 가서 비벼 먹는다고 그랬다. 이 새끼들 지옥 가서 비벼 먹을 잔루가 도대체 몇 그릇이야. 배 터질 듯. 이게 다 니들의 업보입니다. 남기면 죽는다. 죽었지만 한 번 더 죽는다. 꼬옥 알뜰살뜰 비벼서 싹 싹 긁어먹어라. 참기름까지 넣어서.

패배

길 때 지더라도 조용히 좀 져라

페넌트 레이스 144경기 하는데 이걸 다 질 수는 없다. 의외로 이기는 날이 있다. 근데 체감상으로는 맨날 지는 것만 같다. 우리는 야구가 보고 싶은 거지 〈개그콘서트〉 보고 싶은 게 아니라니까? 왜 스포츠 채널 틀었는데 예능 하냐고요. 저기요 하나도 안 웃긴다고요.

　야구 이겼을 때의 기분은 야구 이겼을 때밖에 못 느끼는 것과 마찬가지로, 야구 졌을 때의 기분은 야구 졌을 때밖에 못 느낀다. 기분 진짜 더럽다. 세 시간 넘게 존버 타면서 꾸역꾸역 야구 봤는데 결과가 패배 이 지랄. 세 시간 동안 사람 생쇼를 하게 만들어놓고 '짠~ 졌습니다. 여러분

이제 집에 가세요!' 하면 그냥 여생을 범죄자로서 보낼 용의가 기꺼이 생기는 것이다.

사실 어느 정도 나의 과실이 있음을 부정할 수가 없다. 지는 경기는 느낌이 다르다. 치고받고 엎고 뒤집고 하면서 흘러가는 경기야 야구 모른다고 염불 외면서 보는 거지만, 지는 경기는 딱 보면 사이즈가 나온다. 선발이 동전도 안 받아 처먹고 유원지 배팅 머신마냥 상대 팀 타격연습 시켜주고 있다? 리모컨 전원 버튼에 일단 손가락 올리고 있어야 된다. 5만 원짜리 선풍기보다 못한 암울한 타선. 그리고 글러브에 기름칠이라도 한 건지 그거 끼고 치킨이라도 주워 먹은 건지 뭔지 미끄러져 떼굴떼굴 굴러가는 공. 그때 그냥 그대로 텔레비전 끄면 반만 화날 수 있다. 근데 왜 나는 그걸 끝까지 다 쳐보고 끝까지 화내고 있냐고.

놀랍게도, 사실 질 거라고 믿고 있지 않기 때문이다. 정말 경악스럽겠지만, 야구 보면서 진다는 것을 믿지 않는다. 아니 머리로는 알고 있지. 지금 저 새끼들이 하는 게 야구가 아니고 차라리 행위예술에 가깝다는 것을. 머리는 아는데, 근데, 가슴은 아니래. 갑자기 드래곤볼처럼 각성

해서 오는 공마다 뻥뻥 홈런을 날려버린다면? 갑자기 피구왕 통키 빰치는 회전회오리볼이 우리 투수 손에서 나온다면? 지금 12점 뒤지고 있지만, 만루 홈런 3번 때리고 아직 모른다가 된다면? 갑자기 야구장에 불벼락처럼 조상님 은혜가 드랍한다면? 그냥 그런 터무니없는 상상이 현실로 이루어지길 바라면서 보는 것이다. 물론 현실이 된 적은 한 번도 없습니다. 당연함.

그래도 졌잘싸면 얘기가 조금은 다를 수 있다. 정말 치열하게 야구다운 야구 하면서 아름답게 한두 점 차로 지면 그건 그거 나름대로 의미 있는 경기가 된다. 하지만 0:0으로 연장까지 갔다가 12회 말에 상대 보크로 허무하게 점수 나서 그 누구도 승리의 원인을 알지 못한 채 얼렁뚱땅 이기기 vs 졌잘싸. 아 당근빠따 전자임. 지는 건 어쨌든 기분 짱 더러움.

이제는 그냥 무난하게 지기만을 바라는 경지에 이르렀다. 지는 거 알겠는데, 좀 조용하게 지자. 동네방네 우리 진다고 야채 트럭마냥 광고하고 다니지 말라니까. 꾸역꾸역 연장까지 가서 자기 팀 경기 끝난 야구팬들 다 몰려와서 우리 눈물의 행위예술을 관람하면 진짜 최악이다. 지는 거 우리만 알고 싶어요. 너무 쪽팔려요.

우리 집에서 야구장 있는 대공원역까지 30분 정도 걸린다. 택시 타면 20분 남짓. 내 언젠가는 개같이 지는 날 꼭 택시를 잡아 탈거다. 대공원역 가주세요. 제 손에 들린 게 뭐냐고요? 묻지 마세요. 다칩니다.

그날의 야구일기

20200512

(vs 키움 / 2:3 패)

우리 엄마는 나를 키우며 쪽팔렸던 적이 있었을까, 문득 그런 생각을 했다. 왜냐하면 내가 친구에게 삼성 야구를 보여주면서 존나 쪽팔렸기 때문이다.

친구 집에서 야구를 봤다. 야구를 보려고 간 것은 아니었으나, 정신 차려보니 야구 할 시간이었다. 내 친구는 대충 하이바 쓴 놈들이 헐레벌떡 뛰어다니고, 그 새끼들 머리 위에서 공 날아다니는 것이 야구라는 것은 알지만, 그 외의 룰은 전혀 모르는 야알못이다. 나는 옆에서 인간 나무위키가 되어 하나하나 설명해줄 요량으로 야구를 틀었으나, 설명해줄 것이 없었다. 삼성 적폐 새끼들이 아무것도 안 했기 때문이다. 야구 보기 전에 니코틴을 넣어줘야 하는 습관 때문에 좀 늦게 야구를 틀었을 때까지만 해도, 나는 기분이 매우 좋았다.

이 새끼들이 웬일로 1회부터 1점을, 그것도 심지어 김동엽이 타점을. 진심 기분이 쫙쫙 찢어져서 남의 집에서 추하게 삼성 응원가도 불렀다. 아무리 상대 실책으로 얻은 기회라고 해도, 삼성이 기회를 잡는 일은 그렇게 당연한 일이 아니기 때문이다. 기회의 여신 오카시오는 앞머리는 있고, 뒷머리가 없는 모양새를 하고 있다고 했다. 지나가기 전에 머리채를 잡지 않으면 다시는 잡을 수 없는 것이 기회이기 때문에. 아마 삼성에게 다가오는 오카시오는 앞머리마저 탈모 진행 중이라 머리숱이 존나 없을 것이다. 그게 아니면, 삼성 빠따들이 이렇게 기회를 호락호락하게 놓치는 현상을 설명할 수 없다.

야알못 친구가 옆에서 라이블리, 살라디노, 요키시, 모터 등의 외인 이름 가지고 아가리를 펄럭일 때도, 김헌곤의 타격 폼을 개깝죽거리면서 따라할 때도, 스윙 삼진을 스윗 삼진으로 알아처먹고 뭐가 스윗하냐는 어처구니없는 질문을 했을 때도, 공 하나에 일희일비하는 나를 조롱할 때도, 나는 팬

찮았다. 그런데 야구가 원래 이렇게 빨리 끝나냐고, 왜 아무 것도 안 하냐고 물었을 때 나는 괜찮지 않아졌다.

4년 연속 통합 우승을 거둔 한국 프로야구 전설의 팀 위대한 삼성 라이온즈 말고, 지금의 개적폐 삼성의 고질적인 문제는 타선의 응집력이 존나 구리다는 것이다. 염병 무슨 광안리 해수욕장에서 햇빛 받아 바짝 마른 모래처럼 아무리 모아도 모아도 흩어진다. 진심 손발이 개 안 맞는다. 내가 대학교 1학년 때 꿀강인 줄 알고 뭣도 모르고 들었던 교양에서 공대생 네 명이랑 한 조별과제보다 더 덜거덕거린다. 씨발, 나는 그때 씨쁠을 받았는데 이 새끼들은 연봉으로 억을 받는다. 대한민국 정의는 다 뒤졌다.

로또 번호 맞출 때 중요한 점은, 당첨 번호가 한 줄에 있어야 한다는 것이다. 아무리 내가 이번 주 당첨 번호를 다 맞췄어도 그게 한 줄에 없으면 말짱 꽝이다. 나는 로또 그만둔 지도 꽤 됐는데 염병, 삼성 야구를 로또 추첨 방송 보는 기분으로 보고 있다. 안타 몇 개가 나오든, 쓰리 아웃이 되기 전에 연결이 돼야 주자를 집으로 보낼 수 있는데 이 새끼들은 그걸 못한다. 내가 맨날 이 새끼들 야구를 사행성으로 알고 한다고, 운에 맡긴다고 개지랄 떨었는데, 진짜로 로또를 하고 있었던 것이다.

라이블리는 정말로 선녀다. 유니폼 대신 날개옷을 입고 던져도 인정해줄 수 있다. 6이닝 2실점, 키움의 타선을 상대로 퀄리티스타트를 충족했다. 중간에 몸에 맞는 공도 주고 볼넷도 주고 어쩌고 했지만, 아무튼 절대로 나쁘다고 말할 수 없는 투구였다. 근데 졌다. 내가 저번에도 말했지만, 야구는 점수를 내야 이기는 게임이다. 커쇼 할애비가 등판한다고 해도 빠따들이 점수를 내지 못하면 이길 수 없다. 우리는 커쇼 할애비가 있는 것도 아닌데 이 새끼들이 점수를 안 낸다. 이길 수가 없다는 뜻이다. 삼구 삼진을 당하고, 삼자 범퇴로 투수 앉아 있을 시간도 안 주는 놈들에게 승리는 사회 정의에 대한 배반이다. 이 개새끼들은 지는 것이 마땅하다.

7회 말이 됐을 때, 나는 패배를 확신했다. 혼자 봤으면 분명히 끝까지 다 봤겠지만, 친구 보여주기 쪽팔려서 텔레비전을 끌 수밖에 없었다. 정말 오랜만에 포기할 권리를 행사했다. 근데 계속 문자 중계를 확인했다. 미친 새끼 진심 지능이 처참하다.

내가 만약 병에 걸려 오늘내일하게 된다면, 곧 내 생이 마감됨을 직감하게 된다면, 의료진을 호출해 남길 마지막 말은 이것이 될 것이다.

"삼성 경기 지금 몇 대 몇인가요."

그리고 그대로 운명하여 한국 프로야구 역사상 가장 멍청한 관중으로 길이길이 기억될 것이다.

그날의 야구일기

20200510

(vs 기아 / 12:3 패)

삼성 라이온즈는 신성한 야구선수를 사칭하며 국민스포츠인 야구를 우롱한 야구선수사칭범죄집단이다.

어제 대승을 거둬서 큰맘 먹고 개지랄염병을 처떨어가며 줄줄 빨아줬더니, 사람 놀리는 것도 아니고 어제 얻은 점수에 준하는 점수를 반납하고 졌다. 이제 은혜의 아이콘은 까치가 아니라 사자가 될 것이다. 이 새끼들이 은혜는 갚을 줄 아는데 야구는 할 줄 모르는 게 진심 미친 것 같다. 야구 보다가 당장 레인보우 택시(대구의 총알택시) 잡아서 대공원역 가서 황소마냥 대갈통으로 라팍 들이받고 싶었다.

어쩌다가 이 지경까지 왔는지 돌이켜 보고 싶지도 않다. 어제 불빠따라고 그렇게 빨아줬는데 빠따가 진짜 다 불타서 빈손으로 타석에 나왔다고 해도 12:3보다 처참한 결과가 나오지는 않을 것이다. 어제는 빠따가 불타고 오늘은 마운드가 불탔다. 공 던지는 새끼들은 죄다 뭔 설사약을 처먹었는지 마운드에서 대변을 싸지르며 오늘의 경기를 파국으로 견인했다. 야구를 보다 경악했다. 아니 야구선수가 야구장에서 대변을 지리는 장면이 전파를 타고 송출되어도 되는 건가? 저거 아무도 안 말리나? 이거 뭐 방송통신심의위원회가 라팍에 번개라도 떨어뜨려서 정전시켜야 되는 거 아닌가?

진심 삼성은 개X망했다. 국산 1선발인 백정현은 기아 주식이라도 매입했는지 무려 8점을 떠먹였고, 홍정우는 꼴랑 27구 던지는데 안타를 5대나 맞으며 3점을 잃었다. 삼성 전속 소방관 김대우는 오늘도 선발 나자빠진 이후 눈물로 불을 껐다. 가장 경이로운 장면은 노성호가 꼴랑 공 9개 던지고는 상대 타자 머리통을 맞추고 퇴장당한 일이다.

불꽃놀이로 이름 좀 날려놓고 그걸로는 성에 안 찼던지 더

파격적인 걸 노린 건가? 불꽃 대신 내 야마가 펑펑 터졌다. 대구시는 올해 새해 카운트다운에 피 같은 시민들 세금 가지고 폭죽 터뜨리는 대신, 국채보상공원 한복판에서 노성호를 크레인에 매달아 공을 던지게 해야 가성비를 챙길 수 있을 것이다.

동촌유원지 배팅장에서 가래침 뱉듯이 공 뱉어주는 기계도 천 원은 받는데, 저 XX새끼들은 공짜로 기아 선수들에게 배팅훈련을 시켜줬다. 이대로 초심을 잃지 않고 꾸준히 정진한다면 삼성 라이온즈는 연말에 봉사상을 받게 될 것이다.

솔직히 초반까지는 그냥저냥 보고 있었다. 늘 그렇듯 질 거라고 생각 안 했다. 이원석의 홈런이 터졌을 때, 추격은 야구 보는 맛이라고 생각했다. 그래 우리 돼지 뛰기 싫다고 홈런 깠구나. 게임이 이렇게 흘러가야지. 김동엽의 홈런이 나왔을 때, 내 행복회로는 오버클록을 갈기고 있었다. 아 드디어 우리 동엽이가 떡상했구나. 야 얘네가 또 야구를 하나 보다.

그 후의 삼성 야구는 '힝 속았지 호로잡놈삼팬씨발새끼야'로 요약해볼 수가 있겠다. 이 씨× 하루종일 속았다는 가사만 반복하며 노래 부르던 태군보다 더 많이 속는 나는 능지처참 빡빡이다. 진심 골든 햄스터랑 지능 대결하면 내가 질 것이다. 살라디노는 1루에서 어떤 심령현상을 목도했길래 사람도 없는 곳에 공을 뿌렸는지 도대체 알 수가 없다. 라이온즈 수비의 심장이 박해민인데 심장마비가 걸렸다. 하나 있는 장기인 수비가 안 되는 꼴을 보니 실신할 것만 같다. 진심 삼성 이 새끼들은 야구 하면 안 된다. 법으로 어떻게 제재를 가해야 된다.

김성표와 김지찬의 프로 리그 첫 안타도 미친 개적폐 새끼들의 화끈한 똥꼬쇼 때문에 다 묻혔다. 김성표는 하필 홈런 나오기 전에 적폐 주장 박해민이 병살로 끔살시키는 바람에 홈도 못 밟았다. 이게 나라냐? 나라냐고 이 새끼분들아. 전부 고척까지 앞 구르기 시켜서 보내고 싶다. 정수리를 바닥에 하도 많이 찧어서 갓파처럼 뚜껑 머리가 없어질 때까지 한 시도 멈추지 못하게 앞 구르기 시켜서 보내고 싶다.

나는 내 죽음을 알고 있다. 나는 야구를 보다 뒤질 것이다. 나는 삼성 야구 보다가 뒤질 것이다. 그래도 정신 못 차려서 저승 요단강 건너는 배에서 중계 보다가 와이파이 끊긴다고 저승사자한테 패악질 부려 요단강에 빠져 한 번 더 뒤질 것이다. 이 씨발.

외국인 선수

한국에 왔으면 유교 야구를 해라

싱싱한 활어, 국내산. 마블링 쩌는 한우, 국내산. 우리 돼지 우리 한돈, 국내산. 뭐든지 국내산을 최고로 치는 우리 엄마도 나 야구 볼 때 옆에서 슬쩍 보고는 안다. 야, 저 외국인 잘한다. 맞아 엄마, 저 사람 잘해. 근데 우리 팀 아니야.

야구 시즌이 끝나면 매년 야구팬들은 국내산만으로는 허한 팀을 채워줄 외국인 선수를 기다린다. 운 좋게 저번에 데리고 온 선수가 좋은 활약을 했다면 머리 쥐어뜯을 필요가 없다. '당신은 우리와 함께 갈 수 있습니다.' 하고 목걸이 걸어주고 도장이나 찍으면 된다. 하지만 외인 선수 잔혹사를 〈여고괴담〉마냥 시즌별로 찍은 삼성은 얘기가 다르다.

우리들은 삼성 스카우터가 실수하기만을 기다린다. 어? 평소에 데려오던 그런 스타일이 아닌데, 그냥 와서 케이푸드 즐기고 케이팝이나 듣다가 갈 그런 선수가 아닌데? 그럼 실수한 거다. 삼성은 선수 잘 데려오면 그게 실수다. 너무 흔치 않은 일이므로.

삼성의 외국인 선수. 일단 내가 기억하는 선수는 밴덴헐크와 나바로, 러프가 있겠다. 그 셋은 삼성 스카우터의 역대급 실수다. 뽑아놓고도 아차 싶었을 것이다. 밴덴헐크가 있었을 때 선발 라인업을 읊으면 삼성 팬들의 눈물로 어느 지역 가뭄 정도는 해결할 수 있다. 그 라인업 중에 아직도 삼성에 남아 있는 사람이 한 명도 없기 때문에 가뭄 해소 지역은 하나 더 늘어나게 된다.

우리는 아직도 미련이 가득하다. 삼성 라이온즈 트위터 공식 계정이 밴덴헐크 팔로우한 거 보고 설레서 잠을 못 이뤘다. 혹시 다시 삼성 오는 거 아냐? 제작진 확인 결과, 후쿠오카 소프트뱅크 호크스 소속 투수 밴덴헐크는 삼성은 생각도 않고 숙면한 것으로 밝혀졌습니다.

　나바로는 이름부터 느낌이 온다. 대박 아니면 쪽박일 것 같은. 무려 2루수를 데려와 이거 제대로 되는 거 맞냐는 불안으로 술렁거렸던 게 기억이 난다. 그런데 나바로는 잘했다. 어느 정도로 잘했냐면, 아 진짜 잘했다. 출루율, 선구안, 홈런, 타점, 수비 모든 게 환상적이었다. 팀원들과도 잘 지내서 나바로만 보면 땅땅치킨 안 들어가도 배가 불렀다. 나바로는 다 잘했다. 그냥 던진 배트가 바로 서는 것 보면 바틀 플립도 잘할 것 같다.

　아직도 2014년 어느 날, 경기 끝까지 다 못 보고 야구장을 나서 집으로 가던 버스가 생각난다. 그 시절은 야구할 시간이 되면 무슨 버스를 타든 다 라디오 중계를 틀어놨었다. 아무튼, 그럴 때가 있었습니다. 삼성이 야구를 너무 잘해서 모든 대구 시민이 야구 보던 때가 있었습니다. 그때 친구들이랑 중계 들으면서 아, 이거 경기 어떻게 되냐 어쩌고저쩌고 그러고 있었는데 라디오에서 나바로가 홈런 깠다는 소리가 나왔다. 그때 버스에 있던 사람들 전부 다 박수를 쳤다. 나는 친구들이랑 하이파이브하다가 버스에서 넘어질 뻔했다. 그 홈런은 삼성의 2014 페넌트 레이스 정규시즌 우승을 확정 짓는 홈런이었다.

그렇게 아름다운 추억만을 남기고 나바로는 훌랑 떠났다. 그리고 어떤 외국인 선수들이 삼성을 거쳐 갔는지는 깔끔히 인셉션 당했으므로 기억나지 않는다. 삼성은 그동안 외국인 선수가 없었나요? 있었는데요, 없었습니다. 아니, 그래서 누가 있었냐고요. 묻지 말라고요 이 ××. 남들은 우리 에이스 여권압수♡ 우리 홈런타자 민증 발급♡ 이러고 있을 때 우리만 무슨 국수주의자들처럼 너 집에 언제 가냐고 윽박질렀다. 야구팬들을 오해하지 마십시오. 야구팬들은 한국 선수들보고도 야구 못하면 꼴 보기 싫어서 니네 집 가라고 합니다.

그리고 마침내 푸른 눈을 가진 하얀 냉장고 러프가 삼성 유니폼을 입게 된다. 분위기 절정으로 안 좋았을 때다. 왕조 만들어놓고는 바로 바닥 찍고, 주요 코칭 스태프나 선수들이 다 바뀌어서 팬들 사기가 이미 외핵에 도달했을 시점이다. 유니폼에 박힌 맛깔나게 생긴 맛살도 한몫했다. 그 유니폼을 입고 입단 소식을 알린 러프의 첫인상이 어땠냐 하면, 그가 내 심연을 들여다보는 것 같았다. 눈이 너무 맑고 피부가 너무 하얗고 얼굴에 털이 너무 많았다. 그 얼굴을 보며 생각했다. 와, 야구 진짜 못하게 생겼다.

원래 외국인 선수를 볼 때 전에 있던 리그에서의 성적은 보면 안 된다. 물론 스카우터들은 그걸 데이터 삼아 후보를 추리고 선수를 데려오는 거겠지만, 그거 믿으면 안 된다. 데이터를 믿지 마, 빠따를 믿어. 러프는 이전 리그에서의 활약을 봤을 때도 그닥 기대되는 선수가 아니었다. 데려오고 나서 초반에 빠따로 죽 푸짐하게 쑤는 것 보고 그럼 그렇지 했다. 러프가 초반에 쑨 죽으로 라팍에 본죽 매장 하나 차려도 될 정도였다.

그러다가 2군에 갔다 온 러프는 푸른 눈의 사자가 되었다. 삼성 야구 진짜 x같았는데 러프만 선녀였다. 가끔 좀 미안했다. 다른 팀에 갔다면 가을야구도 가보고 그랬을 텐데. 그러나 홈런 날리는 거 보면 다시 뻔뻔해졌다. 근데 뭐 이미 파란 유니폼 입은 이상 어쩔 수 없음. 니 눈도 파란색

임. 아들내미도 야구 시켜서 삼성 입단시키삼. 러프가 들었다면 멱살 잡힐지도 모를 일이었겠지만, 아무튼 삼성 팬들은 러프와의 종신 계약을 원했다.

세상일이 마음대로 되면 참 좋겠지만, 그러지 않아서 흥미로운 것이다. 러프는 결국 2019년을 끝으로 귀여운 아들내미를 데리고 집으로 갔다. 삼성 팬들은 눈물 젖은 손수건을 흔들었다. 그래 그동안 삼성 라이온즈에서 고생 많았어. 고마웠어. 거기 가서는 가을야구도 가고 좀 그래. 행운을 빌었다. 그런데 러프는 거기 가서도 가을야구를 못했다. 숙연.

운 지지리도 없는 러프를 보내고 2020시즌을 맞이했다. 또 얼굴 보고 생각했다. 와 진짜 야구 존나 못하게 생겼다. 아무래도 삼성 스카우터의 데이터를 기반으로 한 선수 영입보다는 야구팬들의 관상을 기반으로 한 선수 영입이 더 과학적이지 않을까, 생각한다. 관상은 통계고 통계는 과학이다 이 새끼들아. 어떻게 좀 치고 올라오나 싶더니 다쳐서 또 집에 갔다. 중간에 데려온 타자는 아예 기대도 안 했다.

　그래도 작년은 투수 덕분에 볼 맛 났다. 뷰캐넌은 말도 안 되는 경기력 속에서 무려 15승을 달성했다. 무려 5년 만의 10승 외국인 투수였고, 22년 만의 15승 투수였다. 라이블리도 부상만 아니었으면 어떻게 저떻게 해줬을 것 같다. 솔직히 기대했던 것보다는 아쉬웠는데, 내가 야구선수 말고 다른 직업 알아보라고 했더니 진짜 고향 가서 부동산 업자가 된 외국인 투수에 비하면 완전 선녀다. 그러니까 다치지 좀 말라고. 결국 둘은 2021년도 함께 가게 되었다.

　외국인 선수의 전력은 크게 작용한다. 한 팀을 먹여 살릴 수도 있고, 쫄쫄 굶겨 아사시킬 수도 있다. 러프 있었는데 굶은 삼성은 뭔가요? 야구팀이 아닌가 보죠 이런 xx. 일단 지금 뷰캐넌이 쿠쿠에 쾌속 백미 모드로 밥 짓고 있다. 이제 반찬이랑 국은 누가 할래. 간 제대로 맞춰서 해라. 2021년 삼성 라이온즈 굶지 말자 아자아자 새끼들아 아자아자.

　로마에서는 로마법을 따라야 하고, 한국 리그에 왔으

면 유교식 야구를 해야 한다. 제발 팬들에게 효도 좀 갈겨 주실 수 있나요. 우리는 오늘도 다른 국적의 아들에게 효도 받기를 오매불망 기다린다. 효도 한 번 시원하게 쏴주세요. 그랜드슬램과 완봉승, 바라지도 않습니다. 3점짜리 홈런과 퀄리티 스타트 플러스면 따뜻해지는 마음, 명절 선물로 그만한 게 없습니다. 유교식 야구로 마음을 전하세요. 제발.

쌍딸
2020. 5 . 5

1억 3억 90억씩 주고 뭐하러 타석에 빠따 들려서 사람 세워놓는가? 이제 이 근본적인 물음에 다다랐음 그냥 튼튼한 신일 선풍기 날개에다가 빠따 매달아놓고 초강풍 모드로 돌려놓으면 대충 타율 1할 2푼 정도 나올 것 같은데 가성비로 따지면 훨씬 싸다고 생각함 신일선풍기는 5만원 주면 살 수 있음

      3.9천   558   ✉

 쌍딸
2020. 5 . 5

외국인 타자 필요하면 다이슨 선풍기 세워놓고

      644   96   ✉

트레이드

운명의 물물교환 하실래요?

원래 사람이라는 게 나한테 필요한 게 너한테 있고 너한테 필요한 게 나한테 있으면 바꾸고 싶어진다. 애초에 화폐 생기기 전에는 다 물물교환이었을 거 아냐. 아이돌 팬들도 앨범 까서 포토카드 확인하고 교환한다. 님은 귀여운 애를 주세요. 저는 깜찍한 애를 드릴게요. 야구도 마찬가지다. 내가 가지고 있는 카드 중에 애매한 게 있는데 상대팀에 마음에 드는 카드가 있으면 일단 쪽지를 보낸다. 저기, 교환 창 좀 열어주세요. 그렇게 성사되는 거래가 트레이드다.

트레이드는 7월까지 가능하다. 다시 말하면 8월 넘어

가기 전까지는 어떤 폭탄 같은 소식이 떨어질지 모른다는 얘기다. 심지어 선수들도 예고 없이 당장 내일부터 유니폼 갈아입어야 한다는 소식을 급작스럽게 전해 듣기도 한다. 선수도 팬들도 서로 정이 들었다면 아쉬운 일이 아닐 수가 없다. 스토브리그에 짐 싸서 가면 작별인사라도 하겠는데, 한창 시즌 중에는 기사 뜬 날 다른 팀 유니폼으로 갈아입고 야구하는 거 보고 있으면 어안이 벙벙하다. 너 왜 거기 있니? 그러게요.

트레이드 하면 2018년에 있었던 한국 프로야구 최초의 삼각 트레이드를 빼놓을 수가 없다. 삼각 트레이드는 트레이드를 세 팀에서 하는 거다. 어느 팀끼리 했냐면 키움, SK(현 SSG), 그리고 삼성. 그때 진짜 뉴스 보고 눈알 빠지는 줄 알았다. 뭐? 트레이드? 이지영이 간다고? 어디로? 키움? 키움에선 누가 와? 뭐? 키움에서 안 오고 SK에서 온다고? 이게 뭐 하는 짓이야?

이지영은 왕조 포수다. 왕조 시절에 오승환, 차우찬, 윤성환, 장원삼 등의 공을 받아내며 우승에 한몫한 인물이다. 그런 선수가 가는 게 아쉽지 않을 수는 없었지만, 우리도 정이라는 게 있어서 선수 장래도 생각한다 이 말이야. 강민호를 사 왔으니까 주전 포수는 강민호인데, 이지영을 백업 포수로 박아놓고 쓴다는 건 너무 아까운 일이었다. 포수가 필요한 팀으로 가는 것이 이지영에게도 좋은 일이었다.

그래, 이지영한테는 좋은 일이었다. 키움에도 좋은 일이 됐다. 왕조 경험 잘 쌓아놓은 이지영이랑 한국시리즈까지 갔다. 그럼 SK는? 고종욱도 제 역할 충분히 해준 걸로 보인다. 사실은 잘 모르겠다. 이 삼각 트레이드는 일단 삼성이 패자인 게임이었기 때문이다.

삼성은 빠따가 급했다. 남들이 탁구장이라고 부를 만큼 홈런이 뻥뻥 나올 만한 구장을 가지고 있으면서도 그거 넘길 선수가 없었다. 그래서 김동엽을 데려왔다. 고종욱과 이지영이 웃고 있을 때 김동엽은 웃는지 우는지 알 수조차 없었다. 정말 확인 불가였다. 2군에 기어가서 아예볼 수 없었기 때문이다. 삼성 팬들은 삼각 트레이드의 잃어버린 한 꼭짓점이었던 김동엽의 선전을 기원했지만, 좀 한다 싶으면 고꾸라지고 좀 한다 싶으면 나자빠지는 것을 반복하는 김동엽의 기가 막히는 희망 고문 때문에 약이 올라 미칠 지경이었다. 차라리 쭉 경산(2군)에 처박아두고 안 보는 게 낫지.

러프가 집으로 돌아가고 삼성 타선의 거포 부재에 탄식할 때, 김헌곤이 4번에 박힌 기가 막힌 라인업을 봤을 때, 구자욱이 퍼올리다가 담장 한 2m 앞에서 넉넉하게 뜬 공 잡힐 때, 삼성 팬들의 영원한 비트코인 이성곤, 이성규가 되다 말다 할 때, 급하게 부랴부랴 사 온 외국인 타자가 염병 떨 때, 사실 모두 속으로는 생각했을 것이다. 김동엽이 터지면 되는데. 그러나 입 밖으로 꺼낼 수 없었을 것이다. 입 여는 순간 분노에 타올라 대구 삼성 라이온즈 파크에 화염병이 우르르 날아들 수도 있기 때문이다.

거포로서 나무랄 데 없는 완벽한 하드웨어, 정말 금방이라도 터져버릴 것만 같은 포텐셜, 빠따를 휘두르기만 해도 삼성 타선의 멸치들을 바싹 말려 건어물 도매상으로 보내버릴 것만 같은 파워, 그리고 그 덩치에 비해 은근 빠른 발. 어떤 이가 김동엽에게 기대하지 않을 수 있겠느냔 말이다. 그러나 김동엽이 삼성에서 보여준 것은 별 모양 달고나보다 잘 바스러질 것 같은 유약한 어깨와 하드웨어를 무색하게 하는 암울한 선구안, 꾸준히 떨공삼(떨어지는 공에 삼진)에 당하는 일관성, 그리고 청순함의 극치를 달리는 주루였다.

그러나 2020년에는 뭔가 달랐다. 김동엽이 친 공들이 담장을 우수수 넘어갔다. 타율 3할에다가 20홈런을 쳤다. 잠실 장외 홈런을 때려내는 3대(스쿼트, 벤치프레스, 데드리프트) 중량 580치는 남자 김동엽에게서 기대한 모습이었다. 삼성이 망해서 그렇지, 김동엽은 누구보다 화려한 한 해를 보냈다. 김동엽이 홈런 깔 때마다 SK에 편지라도 한 통 갈기고 싶었다. 우리 동엽이 해냈습니다. 우리 동엽이 잘 키워 보내주셔서 감사합니다. 우리 동엽이 파란색 유니폼이 너무 잘 어울려요. 분명 작년까지는 안 어울렸던 것 같은데 아, 아닙니다.

삼각 트레이드의 잃어버렸던 꼭짓점을 되찾을 기회가 왔다. 김동엽이 올해도 잘해준다면, 삼성은 드디어 국내 최초 삼각 트레이드의 유일한 패자라는 오명을 벗을 수 있다. 그동안 트레이드 얘기만 꺼내면 자다가도 벌떡 일어나 깡소주 까는 삼성 팬들의 한도 풀어줄 수가 있다. 동엽아 니가 해줘야 된다.

이지영 갈 때 아쉬워서 질척거렸던 게 엊그제 같은데 이제는 김동엽만 보면 실실 웃음이 나온다. 송아지 눈을 닮은 우리 동엽이, 3할 20홈런 우리 동엽이. 야구팬들이 이렇다. 트레이드로 선수 떠날 때는 바짓가랑이 붙잡아놓고, 온 선수한테는 이미 유니폼 갈아입었으니 못 무른다고 이제 우리 편이라고 윽박지른다. 원래 화 많은 사람들이 정도 많습니다. 선량한 사람들입니다. 잘 대해주세요.

어쨌거나 간 너도 잘하고 온 너도 잘해야 트레이드가 아름다워진다. 올해도 예측할 수 없는 트레이드 소식이 야구장에 폭탄처럼 떨어질 것이다. 무를 수 없는 운명의 물물교환. 삼성한테는 쪽지 주지 마세요. 쪽지 차단해놨습니다.

홈 런

홈런볼은 과학이다

흔히 야구의 꽃을 홈런이라고들 한다. 야구 잘 모르는 사람들도 홈런은 안다. 뭔가 대박 터졌다는 느낌으로 홈런이라는 말을 자주 쓰니까. 야구 보는 사람도 홈런 보면 터진다. 그게 심장일 수도 있고 대갈빡일 수도 있다는 게 문제다.

담장 밖으로 공이 넘어가면 그게 홈런이 된다. 공이 넘어가면 베이스에 나가 있는 주자들은 한 명도 빠짐없이 싹 다 홈으로 돌아온다. 그게 다 점수다. 홈런 한 방이 경기를 뒤집을 수도 있어서 사람들은 홈런에 미치는 것이다.

홈런은 소리부터 다르다. 방망이에 맞는 순간 티 없이

맑고 우렁찬 소리가 구장 전체를 울린다. 우리나라는 메이저리그에서 했다가는 투수한테 보복당하고 벤치클리어링까지 나오는 금단의 퍼포먼스인 배트 플립, 일명 '빠던(빠따 던지기)'까지 하기 때문에 홈런이 빚어내는 열광적인 분위기는 이루 말할 수 없다. 홈런 나오는 순간 응원가 뻥뻥 터지고 사람들 전부 다 자리에서 일어나서 탈춤 춘다. 오늘 처음 본 옆자리 사람이랑도 하이파이브한다.

홈런은 보는 사람을 야구에 미치게 만드는 구석이 있다. 그날 경기 죽 쒀도 마지막에 누가 1점짜리 홈런 하나만 치면 기분이 좀 괜찮아진다. 물론 승패 뜨고 점수 차 보면 다시 화가 나지만.

야구장을 가보면 알겠지만, 타석에서부터 펜스까지의 거리가 생각보다 꽤 멀다. 외야석에 앉아 있으면 타석에 있는 그 덩치 큰 선수들도 면봉처럼 보인다. 그리고 그걸 넘긴다는 게 생각보다 어려운 일이라는 게 실감이 난다. 홈런 치기 어렵다. 안다. 투수가 던진 공과 타자의 돌아나온 배트가 절묘하게, 그리고 아주 힘있게 맞아떨어져서 아주 아름다운 각도와 속도로 날아가야 홈런이 된다. 그거 힘든 거 아는데, 왜 우리는 못 치고 상대 팀만 치냐고.

삼성은 몇 해 전 시민구장에서 라이온즈 파크로 구장을 옮겼다. 구장 이전하고 나서 3년 동안 홈런 적자였다. 우리가 친 홈런보다 맞은 홈런 수가 더 많다는 뜻이다. 심지어 삼성 홈구장은 다른 구장에 비해 펜스 거리가 좀 짧다. 그 구장을 홈구장으로 쓰는 삼성이 홈런 생산 측면에서 유리해야 하는데, 개뿔 분명 공장장은 우린데 홈런 생산은 다른 팀들이 실컷 하고 갔다. 2019년에 흑자가 한 번 났다. 딱 한 개. 홈런 71개 맞고 72개 쳐서 겨우 적자를 면했다. 근데 2020년에 다시 적자 났다. 내 지갑보다 사정 안 좋은 게 있을 줄은 꿈에도 몰랐다. 삼성이 나를 위로해 준다. 고맙습니다 이 새끼분들아.

평소에 좋아하는 과자들이 있다. 돌아온 썬칩, 꼬북칩, 치토스, 빼빼로, 그리고 홈런볼. 홈런볼은 맛있다. 솔직히 공장에서 찍어내는 과자 퀄리티가 아니라고 생각한다. 초코맛은 홈런볼의 슈베르트고, 무지방 우유 맛은 베토벤이다. 무슨 말인지 모르겠다면 일단 드셔보세요.

하여튼 홈런볼을 좋아해서 자주 까서 먹는다. 야구장

가서도 까 먹고 집에서 야구 중계 보면서도 까 먹는다. 근데 상대 팀 선수가 타석에 들어설 때는 절대 안 먹는다. 혹시 홈런볼 먹다가 홈런 까일까 봐. 홈런볼 먹다가 홈런 맞아본 사람은 안다. 그게 얼마나 절망스러운지. 입안에서 잘만 녹던 홈런볼이 무슨 뗀석기처럼 딱딱하게 느껴진다. 미신 믿는다고 비웃지 마세요. 님들도 빨간색으로 이름 안 적으면서요. 적는다면 죄송합니다.

대충 야구 보면서 농담으로 '야 여기서 홈런 하나 쳐라.' 말하고 귀 후비면서 보는 둥 마는 둥 하다가도 진짜 홈런 쳐내면 벌떡 일어서게 된다. 우리 팀이 홈런 때려낼 때 비로소 이 맛에 야구 본다는 생각이 든다. 그게 역전이거나, 승리의 쐐기포거나, 만루 홈런이거나 한 경우에는 더 그렇다. 그 순간 야구장에 울려 퍼지는 응원가. 중계에서 터져 나오는 캐스터의 홈런콜. 그 때의 느낌을 어디에다가 비유해야 할지 모르겠다. 대박 터졌을 때 홈런에 비유하는데 막상 진짜 홈런 쳐내는 거 보는 기분은 뭐라 비유할 말이 없다. 홈런은 짜릿함이라는 감정의 가장 극대화

된 표현일지도 모르겠다.

그러나 이런 홈런을 상대 팀이 때리면 어떤 느낌이냐면, 그냥 진짜 한 대 맞는 느낌이다. 정말 누구한테 한 대 맞는 것과 흡사한 고통을 수반한다. 눈이 질끈 감기고 눈 앞이 순간 하얘졌다가 머리에 피가 싹 빠지는 느낌이 든다. 공이 날아가는 게 슬로우 모션으로 보인다. 아주 예쁜 각도로 날아가는 공을 보면서 싹싹 빈다. 제발 파울이어라, 제발 제발.

어림도 없지 펜스 좌중간, 우중간 아니면 정중앙을 넘어 깔끔히 안착한다. 그 순간 야구 그만 보고 싶어진다. 차라리 저 날아간 공이 내 머리를 맞추고 기절시켜줬으면, 하는 상상을 한다. 그게 역전이거나, 패배의 쐐기포거나, 만루 홈런이거나 한 경우에는 더 그렇다.

오늘도 홈런볼을 먹었다. 홈런볼만 보면 왠지 사 먹어야 할 것 같다. 홈런볼 먹으면서 삼성 홈런 시뮬레이션을 돌려본다. 1번 2번 나가주고 3번이 2루타 쳐준 다음에 4번이 홈런을 딱. 삼성 야구 대박.

남들은 로또 맞는 상상을 한다던데 나는 삼성 야구가

잘 풀리는 상상을 한다. 원래 간절히 이루고 싶은데 맘처럼 잘 안 되는 걸 상상하는 겁니다. 내가 홈런볼 먹은 만큼 삼성이 홈런을 친다면 나는 삼시 세끼 홈런볼 먹고 홈런 세끼도 찍을 수 있다.

2021년에는 야구의 꽃 홈런, 삼성도 활짝 피우게 해주세요. 홈런볼의 아버지 해태제과 측에게 조심스레 염원을 빌어봅니다.

거포

거대포동포동의 준말이 아닙니다

스포츠 선수 하면 어떤 모습이 떠오르나. 보통 자신을 극한으로 밀어붙인 트레이닝으로 완성된 탄탄한 몸이 생각난다. 그런데 야구선수는 그런 선수도 있고 안 그런 선수도 있다. 어느 날 야알못 친구와 야구를 보는데, 옆에서 물었다. "저 선수는 왜 저렇게 뚱뚱해?" 머리가 굴러갔다. 야구란 게 말이야, 한 방이 필요한데 그 한 방이 그냥 쉽게 나오는 게 아니란 말이야. 누구는 톡 치고 째빠지게 뛰지만, 누구는 아예 공을 성층권으로 보내버려야 한단 말이야. 그럼 그 힘이 얼마나 좋아야 되냐면 어쩌고저쩌고…. 그냥 포기하고 말했다. 그러게 ××.

거포는 공을 멀리 날려 보낼 수 있는 힘을 가진 타자를 일컫는 말이다. 보통 이렇게 불리는 선수들은 체격이 장난 아니다. 어느 정도로 장난 아니냐면, 진짜 장난 아니다. 우리랑 다른 세계 사람 같다. 공을 대포처럼 뻥뻥 쏴 날릴 수 있으니까 그 정도는 돼야 한다. 물론 탁월한 기술로 타구를 멀리 보내는 선수들도 많다. 근데 1군에서 거포로 살아남으려면 하드웨어와 소프트웨어 모든 걸 갖춰야 한다.

거포는 체형에 따라 크게 두 유형으로 나뉜다. 첫째, 냉장고. 탄탄한 몸과 큰 키를 가진 타자. 근육량이 대단하다. 얼굴만 가리면 이게 한국인인지 외국인인지, 야구선수인지 헬스장 사장님인지 구분되지 않는다.

둘째, 한돈. 말 그대로 돼지다. 눈에 보이는 근육은 안면근육밖에 없어 보이는 타자다. 공 치고 달릴 때 가끔 배가 잔잔한 파도처럼 출렁거리기도 한다. 그 지방이 야구 잘하면 야구 주머니가 된다. 마법의 야구 주머니. 홈런 나와라 뚝딱. 야구팬들은 공만 잘 날아가면 오케이다.

대표적인 거포가 누가 있느냐, 국민타자 이승엽이 있다. 이거 완전 뿌듯한 일이 아닐 수가 없다. 이승엽은 삼성의 대표적인 프랜차이즈 스타고, 일반 대중들도 잘 아는 스포츠 스타다. 한일통산 600홈런이라는 대기록을 세웠다. 그 밖에도 이대호, 박병호, 나성범, 최정 같은 선수들이 있다. 보면 다 크다. 어마무시하게 크다.

왜 야구 보는 사람들이 거포에 목을 매느냐 하면, 거포는 꽉 막힌 경기를 한 번에 뚫어줄 수 있는 힘이 있기 때문이다. 주자가 베이스를 채운다. 그러면 뭐하냐고, 홈에 들어와야 점수가 되지. 윷놀이 판 깔아서 아무리 말을 많이 내보내도 집에 못 오면 그거 다 쓸데없는 짓이다. 야구도 마찬가지다. 출필곡반필면, 나갈 때 '다녀오겠습니다.' 하고 올 때 '다녀왔습니다.' 해야 된다. 나갔으면 제발 좀 들어오라고 불효자들아.

사실 연속으로 안타 터지는 게 쉽지가 않다. 뭔 어린이 야구클럽이랑 야구하는 것도 아니고. 삼성은 가끔 어린이 야구클럽이랑 해도 이길 수나 있을까 의심이 되긴 하는데 일단은. 그러니까 주자들을 여러 명, 혹은 한 번에 모조리 불러들일 수 있는 장타와 홈런을 기대하게 되는 것이다.

그런데 거포 구하는 게 쉬운 일이 아니다. 타고난 체형과 기술을 모두 갖춰야 1군에서 살아남는 장타자가 된다. 체형만 갖추고 헛스윙 남발이거나, 기술은 있는 것 같은데 힘이 딸리거나 하는 선수가 태반이다. 그래서 팀들은 2군에서 공 힘있게 잘 때려내는 선수들을 무슨 김치마냥 묵힌다. 올해는 익었나? 1군에 꺼내 본다. 덜 익었네, 더 익혀. 자 올해는 익었나? 또 1군 라인업에 넣어본다. 아직 아니야, 다시 넣어. 그렇게 팬들은 팀이 직접 담가 익혀낸 실한 거포를 기다린다.

그게 안 되면, 결국 사 온다. 요즘 공장 김치 잘 나온다. 비비고 묵은지 짱. 우리도 올해 한 포기 샀다. 오재일이 삼성에 왔다는 소식을 들었을 때, 기사 보고 너무 좋아서 입으로 불 쇼도 할 수 있을 것 같았다. 우리가 오재일한테 맞은 홈런이 몇 갠데. 체감상 두산이랑 경기할 때마다 오재일 홈런을 봤다. 오재일이 삼성 유니폼 입고 홈런 때려내는 그림도 물론 짜릿하지만, 사실 그것보다는 만루에 오재일이 들어섰을 때 홈런 때릴까 봐 심장 졸아드는 공포를 더는 안 느껴도 된다는 것이 너무 다행스러웠다. 재일아, 잘 부탁해. 우리 잘해보자. 이제 너도 피 파란색인 거다.

국내 시장에서 해결이 안 되면 수입도 한다. 그렇게 삼성이 수입해서 잘 쓰고 다시 수출한 선수가 러프다. 어쩔 수 없이 외국 선수들에게서 거포를 찾아보기가 쉽다. 선수도 많고, 능력도 출중하다. 비싸서 그렇지. 그래서 메이저 간판선수로 뛰기는 애매하고 잠재력은 가득한, 한국에 데려오면 날뛸 것 같은 선수를 매년 스카우터들이 물색한다. 꽉 막힌 경기를 시원하게 뚫어줄 수입산 뚫어뻥 삽니다. 가격 먼저 제시해주세요.

매년 그랬듯이, 올해도 거포들의 전쟁이 이어질 것이다. 올해 가장 홈런을 많이 때려내는 선수는 누구일까. 솔직히 삼성에서 나올 거라는 기대는 안 한다. 그래도 우리가 현질이라는 걸 했는데, 공 뻥뻥 날아가는 이펙트 정도는 기대해도 되는 거잖아. 재일아, 믿는다. 배신하지 마라. 배신은 죽음이다.

쌍딸
2020. 5 . 5

얘들아 공을 쳐야지 왜 발사를 시켜 이 씨× 이
게 무슨 물로켓과학경진대회야 이 씨× 금상

💬　　　🔁 4.5천　　　🤍 809　　　✉

쌍딸
2020. 5 . 15

기가지니 야구 꺼줘 내 머리 돌로 쳐서 기절시
켜줘

💬　　　🔁 315　　　🤍 60　　　✉

오심

미쳤습니까 휴먼

야구 보는 사람들은 공 하나에 울고 웃는다. 지금 이 공이 스트라이크 판정을 받는다면 앞 구르기 세 번에 뒤 구르기 다섯 번 받고 물구나무서기까지 갈길 수 있지만, 볼 판정을 받는다면 당장 화염병 들고 광장에 혜쳐 모일 수도 있다. 그리고 그걸 결정하는 심판은 야구 보는 사람을 죽일 수도 살릴 수도 있는 무소불위의 저승사자다.

투수는 스트라이크 존에 공을 넣어야 하고, 타자는 그 공을 받아쳐야 한다. 스트라이크 존이라는 게 공중에 과녁이 매달려 있고 거기다 맞추는 게 아니라, 타석마다 조금씩 달라지다 보니, 심판들도 판정을 애매하게 할 때가 있다. 근데 그게 한두 번이어야지. 왜 누가 봐도 스트라이크인 공에 볼 주고, 누가 봐도 볼인 공에 스트라이크 주는데. 장난하나? 장난 둘? 중계할 때 아예 스트라이크 존을 띄워놓는 방송사들도 있는데 그거랑 같이 보면 더 가관이다. 아예 심판들 판정 모아놓은 자료도 있다. 스트라이크 존 들쭉날쭉한 거 보고는 별 모양이라고도 한다. 오늘도 별이 참 아름답네요 이 xx.

공이 먼저 왔는지 사람이 먼저 왔는지에 대한 판정도 미심쩍은 경우가 있다. 아 솔직히 이해한다. 사람 눈인데 당연히 기계처럼 정확하지 않지. 나도 동체 시력 안 좋다고. 이해한다고. 근데 방구석에 들어앉아서 보는 나도 알 수 있는 걸 코앞에서 봐놓고 오심 때리면 진짜 사람 미치고 팔짝 뛸 노릇이다. 일하는 중에 딴생각하지 마시라고요.

2019년에는 김상수가 오심 때문에 열 받아서 헬멧을 패대기친 적도 있었다. 분명히 스윙 안 돌았는데 돌았다고 해서 일어난 일이었다. 그때 나는 그걸 야구장에서 실시간으로 보고 있었다. 떡볶이 먹고 있었는데 진심 체할 뻔했다. 김상수는 헬멧 던지고 심판은 퇴장이라 그러고 선수들이랑 감독은 항의하고 분위기 험악했다. 사람들도 이거 뭔 일이냐고 웅성웅성 댔다.

지금이야 허공에 네모를 그리고 비디오 판독을 하지만 몇 년 전에는 비디오 판독도 없었다. 그렇게 옛날도 아니다. '심판 합의 판정제'라는 이름으로 비디오 판독 제도가 처음 들어온 게 2014년이다. 그전까지는 저거 홈런인지 아닌지 아리까리해도 그냥 넘어가야 됐다 이 말이다. 비디오 판독 없이 어떻게 야구 봤나 모르겠다. 지금 생각해보면 열 받아도 그냥저냥 봤던 거 같다. 지금 다시 그렇게 보라면 절대 못 볼 것 같다. 진심 답답해서 돌아가실 수도 있다. 집에서도 야구 보다가 애매하면 나부터 허공에 네모 그리는데.

메이저리그에서는 이미 몇 년 안에 로봇 심판을 도입하겠다고 도장을 찍어놨다고 한다. 무슨 로봇이 포수 뒤에 서서 삐빅 스트라이크입니다- 한다는 게 아니고, 기술을 활용해서 컴퓨터가 스트라이크인지 볼인지 판단해 심판에게 전달한다는 거다. 원래 메이저리그가 하면 KBO도 하니까, 가까운 미래에 정말 실현될 수도 있겠다. 이렇게 되면 팬들은 일단 좋아할 것이다. 왜냐하면 경기 전에 오늘 심판 누군지 이름부터 확인하는 사람들도 있기 때문이다. 스트라이크 존 잘 보는 심판인지 아닌지 확인하려고. 그 정도로 존에 예민한데 기계가 보면 좀 낫지 않을까 싶다. 물론 기계도 못 보면 얄짤 없습니다. 기계는 패면 말 잘 듣는다는 걸 인간들은 아주 잘 알고 있습니다. 기계 친구들은 야구 보는 인간들을 주의해야 할 것입니다.

야구팬 중에 심판 좋아하는 사람은 아마 없을 것이다. 있으면 심판 가족이다. 가족분 읽고 계신다면 죄송하게 됐습니다. 제가 욕을 좀 많이 했습니다. 아니 근데 심판분께서 먼저, 아닙니다 죄송합니다…. 하여튼 야구라는 스포츠보다 보면 심판에 대한 불신이 끝을 모르고 치솟게 된다. 아니 이게 어떻게 스트라이크냐고 사자후 질렀는데 존 보니까 아주 정확하게 스트라이크라서 머쓱해진 적도 있다. 참 잘 보시네요. …xx.

오심도 경기의 일부라는 말이 있다. 저기요, 경기 보는 것도 힘든데 우리가 오심까지 즐겨야 됩니까. 세상은 야구팬들에게 존나 가혹하다. 로봇 심판이 도입되더라도 스트라이크, 볼 판정 외의 다른 건 다 사람이 그대로 할 거다. 그래도 스트라이크, 볼 판정 정확도만 올라가도 스트레스가 줄어들 것 같다. 사실 안 줄어들 수도 있다. 우리 투수가 공을 너무 정확하게 못 던지면 어떡함? 이런 생각은 하지 않는 것이 좋겠다. 모쪼록 4차산업혁명을 응원하며 로봇 선생님을 기다리고 있겠습니다.

투수교체

투수코치 말고 119 불러

범죄신고는 112, 간첩신고는 111, 화재신고는 119다. 일단 불나면 전화부터 갈겨야 한다. 야구장에서도 불나면 전화한다. 119 아니고 불펜에다가. "저기요 마운드에 불이 났어요. 불 좀 꺼주세요."

야구 잘 모르는 사람들은 축구처럼 하루종일 뛰어다니는 게 아니니까 야구 별로 안 힘들어 보인다고 한다. 하지만 사람이 고속도로 달리는 자동차만큼 빠른 공을, 그것도 원하는 위치에 궤적을 바꿔가면서 던지는 건 거의 묘기에 가까운 일이다. 연장을 가지 않는 이상 야구는 9회까지 하는데, 그걸 선발 투수 혼자 책임지기는 힘들다. 얼마나 힘 드냐면, 혼자서 끝까지 던지면 '완투'라고 따로 이름 붙여 줄 정도다. 선발 투수는 보통 공 100개 남짓 던지면 내려 온다. 6이닝에서 7이닝 정도 소화해주면 아주 준수하다. 물론 선발이 그만큼을 못 던지고 아주 빠르게 무너질 때 도 있다.

그리고 나면 이제 지옥의 용병술이 시작된다. 불펜이 돌아가는 것이다. 때가 되면 중계 카메라에 감독이나 투수 코치가 수화기 들고 전화 거는 장면이 찍힌다. 야구 보다 가 배고파서 치킨 시키는 게 아니고 불펜에다가 전화 거 는 겁니다.

불펜 안에서도 보직이 나누어진다. 필승조와 추격조 로. 필승조는 말 그대로 이기기 위해서, 추격조는 점수가 뒤진 상태에서 따라잡기 위해서 짜여진 조다. 이기고 있을 때 올라와서 잘 틀어막으면 필승조, 지고 있을 때 올라와 서 점수 더 안 주면 추격조. 근데 그게 이름 그대로 됐으면 맨날 야구 보면서 머리털 쥐어뜯고 있을 일이 없다.

마운드에 불이 났다는 표현을 많이들 쓴다. 투수가 던

진 공이 자꾸 얻어맞고 주자 보내주고 점수 주고 그러면 불났다고 하는 거다. 그러면 그 불 끄러 누군가 올라와야 한다. 마운드에 불났을 때 공 들고 허겁지겁 뛰어오는 투수코치 얼굴 보면 어쩐지 가련해 보인다. 지금 삼성의 투수코치는 정현욱이다. 하도 많이 굴러서 국민 노예라는 별명이 붙었던 선수다. 현역 때도 불 끄더니, 지도자 돼서도 불 끄고 있다. 안타까운 일이 아닐 수가 없다. 사실상 삼성 명예소방관이라고 봐도 문제없을 것이다. 119에서 표창이라도 줘야 된다.

투수교체가 될 때면 손발에 땀이 난다. 중계로 보면 투수교체 사이에 광고가 나오는데, 그 시간이 영원과 같이 느껴진다. 좋은 공 던지는 선수가 매일매일 올라오면 정말 행복하겠지만, 투수들도 사람인지라 그럴 수가 없다. 며칠 연속 등판하면 중계진들도 자주 올라온다고 한마디 할 정도다. 우리가 잊고 있었지만, 놀랍게도 야구선수는 사람입니다. 체력 관리라는 걸 해줘야 합니다. 그러면 사람을 돌아가면서 쓴다는 얘긴데, 그때부터는 지옥의 돌림판이 돌아간다. 돌려 돌려 돌림판. 오늘의 투수는 누굴까요. 짜잔~

이런 ×× 너구나.

삼성 왕조 시절에는 '안정권KO'라고, 필승조의 안지만, 정현욱, 권혁, 권오준, 오승환을 묶어서 부르는 이름도 따로 있을 만큼 불펜이 철벽이었다. 그때는 야구 끝까지 볼 필요가 없었다. 나도 학창시절에 야구장 갔다가 늦게 들어오면 공부도 안 하고 야구나 보러 싸돌아다닌다고 등짝 몇 대 얻어맞았기 때문에 일찍 야구장 나와서 집에 갔다.

야구 보는 사람이 미련 없이 자리를 뜰 수 있는 경우는 딱 두 가지다. 패배가 확실해졌을 때, 혹은 승리가 확실해졌을 때. 놀랍게도 그 시절은 후자였다. 1점 차로 아슬아슬한 리드를 이어가고 있어도, 종소리 나오면서 오승환 올라오면 사람들은 바로 가방 챙겼다. 일단 첫 타자 잡는 것만 보고 가자. 더 늦게 나가면 차 막혀. 그리고 오승환이 공 뿌리면 사람들 전부 다 우와~, 한 번 갈겨 주고 미련 없이 자리에서 일어났다. 그런 시절이 있었습니다.

필승조는 앞서가고 있는 점수를 지켜야 하는 선수다. 근데 세상일이 그렇게 만만한 게 아니다. 필승조랍시고 올라왔는데 신나게 얻어터지는 게 인생이다. 인생은 실전이다 x만아. 필승조라고 하지만, 던지는 모든 공이 좋을 수가 없고, 등판하는 날마다 컨디션이 최상일 수 없다는 거잘 안다. 나도 아는데. 필승조 이름 달고 마운드에 불 지르는 거 보면 이게 야구선수인지 방화범인지 알 길이 없다.

그럼 추격조에서는 무슨 일이 일어나느냐, 저도 알고 싶지 않았습니다. 이런 xx. 추격조는 원래대로라면 지고 있는 상황에서 최대한 점수를 잃지 않고 지키는 역할을 담당해야 한다. 근데 보통 올라오면 더 잃는다. 무슨 오늘까지만 장사하는 사람처럼 점수를 준다. 오늘이 마지막 야구입니다. 야구장 폐점 세일. 아낌없이 주는 나무. 점수 떨이로 팝니다.

2020시즌 쌍딸 선정 가장 웃긴 투수교체는 5월 20일 LG전에서 일어났다. 선발 투수 최채흥 다음으로 올라온 노성호는 등판해서 딱 1구를 던졌고 안타를 맞았다. 그리고 바로 강판을 당했다. 등판 - 1구 - 강판. 개막 후 가장 크게 웃은 것 같다. 그날 사람들이 노성호 시구한 거냐고 그랬다. 사실 시구보다 짧았다. 허겁지겁 노성호 데리러 가던 투수코치 정현욱의 얼굴이 생생하다. 아무리 원 포인트 릴리프(한 명의 타자를 상대하기 위한 투수)로 올라갔다지만 어떻게 1구 던지고 바로 내려올 수가 있냐고. 노성호의 머쓱한 표정이 생각난다. 그전에는 이미 2020시즌 1호 헤드샷을 쏴 갈긴 탓에 9구 던지고 내려간 전적이 있었다. 개 웃긴다. 근데 그게 우리 팀 얘기네. 사실 하나도 안 웃겨.

왕조가 끝난 후 삼성 선수층이 젊어지면서 불펜도 흔들렸다. 그래도 요즘은 불펜 책임질 수 있는 얼굴이 많이 생겼다. 바로 앞에서 노성호 시구 얘기해놓고 이런 말 하니까 어이없지만, 진짜 삼성 불펜진 좋다는 소리도 나오고 그랬다. 근데 그런 팀이 비밀번호를⋯ 이하 생략.

오늘도 운명의 돌려 돌려 돌림판은 돌아가고 불펜 전화는 울린다. 따르릉. 네 여보세요. 야구장에 불이 났어요. 네 소방관 보내드릴게요. 따르릉. 네 여보세요. 저기요, 불이 안 꺼졌는데요. 네 한 명 더 보내드릴게요. 따르릉. 네 여보세요. 저기요, 홀라당 다 탔는데요. 그냥 눈물로 끄세요.

 쌍딸
2020. 5. 14

자꾸 볼넷 주지 말라니까 이 xx 사람이 주지
말아야 할 게 세 가지가 있다고 첫째 상처 둘째
인감도장 셋째 볼넷

      306   ♡ 59

 쌍딸
2020. 4. 27

참을 인이 세 번이면 살인을 면하고
참을 인이 네 번이면 볼넷에 밀어내기가 써비쓰

      313   ♡ 44

FA

뽑기가 너무 비싸요

야구팬들은 야구 끝나면 뭘 하나요? 내년 야구를 기다립니다. 진짜 야구팬들은 정규 시즌 끝나면 다가올 내년 시즌을 기다린다. 그냥 그렇게 삶을 영위하도록 프로그래밍되어 있다. 그리고 스토브리그가 되면, 모든 팀 팬들은 구단 지갑이 얼마나 빵빵한지 각을 잰다. 바야흐로 FA의 시간이기 때문이다.

FA는 쉽게 말해서 선수를 사고파는 일이다. 보통 이름값 있는 선수가 그만큼의 값을 받고 다른 팀으로 이적한다. 높게 부르는 팀이 임자다. 액수 들어보면 입이 떡 벌어진다. 억 단위다. 세 자릿수가 될 때도 있다. KBO 리그 역사상 최대 규모의 FA 계약은 이대호였다. 4년에 150억. 삼성은 얼마까지 써봤나? 강민호 데려올 때 80억 썼다. 너무 어마무시한 금액이라서 얼마나 비싼지 실감도 잘 안난다.

솔직히 나는 돈이 없다. 치킨 시킬 때도 순살 시키면 이천 원 더 붙는 거 때문에 잠깐 고민하는 옹졸한 인간이다. 그냥 이빨로 다 뜯으면 어차피 순살 되는 거 아닌가? 근데 FA 시즌만 되면 무슨 아침 드라마 재벌 3세처럼 돈에 대한 감각이 사라진다. 야 한 100억 지르고 그 선수 사자. 그런 말도 안 되는 소리가 술술 나온다. 괜찮음. 어차피 내 돈 아님.

FA 자격을 취득한 선수가 모든 팀에서 탐낼 만한 선수라면 한반도가 들썩거린다. 기사도 쏟아진다. 얼마를 받고 어디에 갈까, 그게 최대 관심사다. 그리고 해당 선수가 자기 팀 주전인 사람들은 간이 떨린다. 정말 데리고 있고 싶은데, 더 비싸게 부르는 팀이 있으면 보내줘야만 한다. 프런트보고 왜 못 잡았냐고 배 까뒤집고 드러누워도 이미

떠난 버스는 후진하지 않는다. 이거 완전 한 편의 신파극
이다. 나보다 돈 많이 주고 나보다 응원가 잘 불러주는 놈
있으면 그놈한테 가. 가서 행복해. 니 이름 박힌 내 유니
폼은 이제 어떡하지. 아니야, 신경 쓰지 마 혼잣말이야. 잘
살아.

오랜 시간 함께 해온 선수 떠나보낼 때는 그동안의 고
마움과 응원하는 마음과 왠지 모를 서운함이 뒤섞인다. 그
리고 다른 팀 유니폼을 입은 선수를 경기장에서 처음 만
나는 순간, 그 기분은 설명할 방법이 없다. 보통 첫 타석에
들어서면 헬멧을 벗고 원소속 팀 관중들한테 인사를 한다.
그러면 박수가 쏟아진다. 스포츠 팬들은 그럴 때 뭉클해진
다. 새끼 유니폼 잘 어울리네. 우리 유니폼만큼은 아니지
만…. 그러다가 우리 상대로 안타 치면 언제 그랬냐는 듯
이 니는 정도 의리도 없냐고 욕한다. 사람이라는 게 원래
화장실 들어갈 때랑 나올 때가 다른 법입니다.

10억을 주고 사든, 100억을 주고 사든 FA는 뽑기다.
이게 무슨 말이냐고? 저도 사실 이해가 안 갑니다 ××. 그

렇지만 FA는 정말로 뽑기다. 억을 줬는데 결과를 보장할 수 없는 거래면 그냥 뽑기 아니냐고. 데려올 때는 와 현질 했다! 하면서 설레지만, 막상 개막하면 손에서 땀이 줄줄 흐른다. 현질의 결과는 신의 주사위에 달려 있다. 값 이상의 성능을 뽑을 것인지, 이하의 성능을 뽑을 것인지는 하늘에 달린 것이다. 이거 게임이었으면 공정거래위원회에서 곤장 쳤다.

한동안 안에서 새는 바가지나 관리하던 삼성이 FA로 시끄러워진 게 몇 년 전이다. 왕조 멤버 박석민, 최형우, 차우찬이 떠났다. 삼성의 야구 잘하는 개그맨 박석민이 떠났을 땐, 아 이제 무슨 재미로 야구 보나 싶었다. 진짜 '재미'를 책임지는 박석민이 없다는 건 너무 서운한 일이었다.

그런 걱정이 무색하게 삼성은 〈개그콘서트〉 빰을 발바닥으로 후려갈길 만한 신통방통한 야구를 선보였다. 나도 몰랐지, 삼성이 야구를 그딴 식으로 웃기게 할 줄. 최형우는 FA 금액 100억 원 대의 시대를 열고 기아로 떠나 우승 반지를 꼈다. 행복하냐? 그래 행복하면 됐다. 차우찬 갈 때는 서운해서 눈물이 앞을 가렸다. 프런트 멱살 잡고 싶었다. 아니 차우찬을 왜 보내. 계약금 보고는 멱살 났다. 아름답게 보내주자.

왕조 주축 선수들을 보낸 삼성도 선수 보강이 필요했다. 몇 년 만의 외부 FA 영입은 이원석이었다. 4년에 27억이라는 합리적인 가격에 이원석은 본전 뽑는 경기력을 보여줬다. 역시 수입해온 고기도 맛만 있으면 된다니까. 차우찬 보낸 LG에서 우리는 우규민을 데려왔다. 공식적으로 발표 나기 전에 우규민 삼성 이적설로 사이버 세상이 꽤 떠들썩했다. 우규민 동대구역 목격담이 떴기 때문이다. 우규민이 대구를 왜 와. 삼성 오는 거 아냐? 그리고 썰은 현실이 되었다.

그리고 2018년, 삼성은 롯데 간판 포수 강민호를 데려왔다. 장난 반, 기대 반으로 삼민호 가나요, 했는데 진짜 데려올 줄은 몰라서 얼떨떨했다. 엄마한테 이거 사달라고 백화점 바닥에 드러누웠는데 진짜 사준 느낌이었다. 강민호 FA 풀렸을 때, 야구 보는 사람 전부 다 에이 강민호는 롯데지, 그랬다. 강민호는 롯데 영구결번은 모르겠어도 부산시장은 할 수 있는 인물이었다. 그만큼 롯데의 상징적인 선수였는데, 삼성이 강민호를 데려왔다. 이거 진짜 무슨 일이 나도 단단히 날 징조였다.

삼성은 우규민과 강민호 둘에게만 공식적으로 145억을 썼다. 여기서 신의 주사위가 굴러가는 것이다. 돈을 많이 쓸수록 주사위는 요란하게 굴러간다. 선발로 온 우규민은 데려올 때부터 불안불안하더니 허리가 아파 드러누웠고, 결국 불펜으로 넘어가게 된다. 불펜으로서 보여준 것도 65억 주고 데려온 투수라기엔 아쉬운 성적이었다.

FA로 거액 주고 데려왔는데 기대에 미치지 못하는 결과를 보여주면 그걸 먹튀라고 부른다. 그렇다, 우리 규민이는 먹튀 반열에 이름을 올리게 됐다. 불펜 전향하고 나서 계속 지지부진하다가 또 괜찮아지는가 싶더니, 작년에 제대로 말아먹으면서 숙연해지게 만들었다. 아니, 내가 왜 숙연해져야 되냐고. 돈 받고 공 그렇게 던진 건 당신인데요. 그래도 이러나저러나 또 같이 가게 됐다. 내가 또 속아준다. 속아줄 테니까 올해는 좀 어? 좀 어떻게 어?

강민호는 삼성이 역대 FA 중 가장 많은 돈을 투자한 선수다. 공식적으로는 계약금이 80억인데, 옵션 포함해서 연봉이 12억 5천만 원이다. 현질 첫해, 그렇게 형편없지는 않았지만, 아주 만족스럽지도 않았다. KBO 간판 포수 강민호 이름값에 비해서 아쉬운 해였다.

그리고 2019년, 주장으로서의 활약이 기대됐으나 신은 주사위에 장난질을 쳤다. 그 돈 주고 데려온 선수라고는 볼 수 없는 성적도 한몫했지만, 일명 '잡담사' 사건이 제일 컸다. 경기가 한창 진행 중일 때, 베이스에 나가 있으면서 롯데 선수랑 화기애애하게 노가리 까다가 죽어버렸다. 언론에서는 순화해서 '잡담사'라고 하는데, 팬들 사이에서는 롯데 선수와 친목질하다 아웃 됐다고 'x목사'라고도 부른다.

이 사건으로 인해 강민호는 아마 평생 먹어 온 분량의 욕을 한꺼번에 먹었을 것이다. 욕 너무 많이 먹어서 체했을지도 모른다. 물론 나도 했다 이 xx. 100억 좀 안 되게 데려온 선수가 경기 중에 떠들다가 아웃 됐다니까. 이게 야구냐? 이게 나라냐? 집에서 셀프염색하면서 보다가 기절해서 우리 집 오징어먹물로 홍수 날 뻔했다.

그래도 2020년은 강민호가 말아먹었던 시즌을 다 보

상할 만큼 화려했다. 물론 삼성 야구는 여느 때와 같이 무난하게 망했지만, 강민호는 이름값을 해내며 불난 삼성 팬들 마음에 시원한 물을 끼얹어줬다. 타격도 타격이거니와, 포수로서의 역할을 끝내주게 해내며 외국인 선수 둘을 잘 이끌었다. 국내로 복귀한 오승환과의 케미도 잘 맞아떨어졌다. 이렇게만 가준다면 잡담사도 모른 척 묻고 갈 수 있을 것 같다. 물론 있을 것 같다고 한 거지 그러겠다고 한 게 아닙니다. 나는 뒤끝이 길기 때문입니다.

별들의 중고나라, 번개장터, 당근마켓인 FA시장은 올해도 뜨거웠다. 내가 남들 모르게 노래를 불렀던 삼재일이 현실이 됐다. 또 신의 주사위는 굴러가고, 나는 두 손이나 모으고 있다. 제발 지른 만큼 나오게 해주세요. 이렇게 불공정한 거래가 있을까 싶지만, 야구 보는 내가 참아야 한다. 근데 이번에도 망하면 진짜 공정거래위원회에 혈서 보낼 거임. 진심임.

베테랑

나이 같은 건 허락 받고 드세요 좀

인간은 누구나 자라고, 늙는다. 분한 것은, 야구팬인 내가 자라는 동안 야구선수들은 서서히 늙어가고 있었다는 점이다.

내가 자랐다는 사실을 인정하기는 너무나 쉽다. 나는 명절에 할머니 집에 앉아 야구를 보는 가족들에게 저 사람들은 왜 뛰냐고 물었고, 보충과 야자를 재끼고 교복 입은 채 야구 직관을 갔고, 대학생 때 자체휴강 하고 야구를 보러 가서 처음으로 맥주보이를 불러봤고, 이제는 직장에서 몰래 야구 중계를 틀어놓고 있다. 나는 야구와 함께 자랐다. 그런데 내가 보는 선수들은 야구와 함께 늙어가는 중이었다는 걸, 간과하는 것 같다. 사실은 간과하려고 애쓰며 사는 것일지도 모르겠다.

한창 전성기인 젊은 선수가 죽을 쑤고 있으면 솔직히 안쓰럽다는 생각이 잘 들지 않는다. 뭔 헛바람이 들어서 삽질을 하나, 순수한 화와 답답함만 남는다. 근데 베테랑이 고전하면 안쓰럽다. 저 사람이 내 생에 가장 멋진 야구팀을 받치던, 가장 멋진 야구를 하던 선수이기 때문이다.

대단하고 자랑스럽고 든든해 보이던 선수가 고전하는 모습을 본다는 것은 꽤 괴로운 일이다. 그리고 그걸 보고 있자면 역설적으로, 화가 나기 시작한다. 화를 내야겠다고 생각하기 시작한다. 그의 전성기가 이제는 지나갔다는 것을 인정하고 싶지 않기 때문이다. 안쓰럽다고 하면, 짠하다고 하면, 그의 노쇠함을 인정하는 꼴이 될까 봐 두렵기 때문이다.

내가 어렸을 때, 그리고 윤성환, 권오준, 오승환이 한창 전성기였을 때. 이 선수들 때문에 게임이 터지면 야마가 돌았다. 진심 미쳤나? 왜 저 지랄하는데? 거품을 물었다.

지금 내가 구자욱, 김상수, 박해민 같은 팀의 젊고 유능한 선수들을 까는 것과 같은 결이었을 것이다.

그런데 지금, 이 시점에, 그 사람들 때문에 게임이 터지면 겁이 난다. 아무리 생각하지 않으려고 해도 나이 생각부터 난다. 윤성환이 KT와의 경기에서 2회 만에 내려왔을 때, 진짜 눈앞이 캄캄했다. 비현실적인 생각일지는 몰라도, 윤성환은 은퇴 경기 직전까지 퀄리티스타트 할 것 같았다. 역량이 아무리 떨어져도, 윤성환이니까 당연히 5이닝 정도는 그냥 버텨줄 거라고 생각했다.

권오준이 올라와서 게임 터뜨릴 때, 나이부터 생각나서 가슴이 답답했다. 저 사람은 언제까지고 필승조일 줄 알았는데. 자기 같은 선수는 잘려서 사라지는 거라고 했던 권오준의 말이 떠오르면서 화가 치밀었다. 이러다가 은퇴한다고 하는 거 아니야?

오승환이 삼성에 복귀해서 처음으로 등판하는 날, 제대로 눈을 뜨고 보지 못했다. 무슨 공포영화 보는 사람처럼 곁눈질로 경기를 봤다. 혹시나, 진짜 혹시나 무너질까 봐. 쫄보 본인의 우려와 다르게 오승환은 경기 감각을 빠르게 되찾아가며 한미일 통산 400세이브라는 기록을 손쉽게 달성했다. 그러나 나는 그날, 오승환이 블론 세이브하는 악몽을 꿨다.

그리고 오승환의 블론 세이브는 결국 7월 4일에 나오게 된다. 김광현도 털리는 날이 있고 양현종도 털리는 날이 있다. 박병호도 죽 쑬 때가 있고 양의지도 죽 쑬 때가 있다. 야구선수도 사람이기 때문에, 그럴 수밖에 없다. 투수가 점수를 단 한 점도 잃지 않고 시즌을 끝낼 수는 없고, 마무리 투수가 블론 세이브 단 하나 없이 시즌을 끝낼 수는 없다.

오승환은 야구선수이고, 삼성의 마무리 투수다. 오승환이 일본 가기 전, 한국 리그를 씹어먹을 때도 블론 세이브는 나왔다. 당연히 국내 리그에 복귀한 올해, 그가 마무리를 책임진다면 반드시 나올 것이 블론 세이브였다. 그러나 예전에 오승환의 블론을 겪을 때와는 감정이 달랐다. 그때는 '미친, 오승환이 털렸네.' 정도였다면 지금은 '오승환이 왜 털려? 오승환이 왜?'가 된 것이다.

사실 그때보다 나이가 든 지금 오승환의 블론이 더 납득 가야 하는데, 역설적으로 더 받아들이기 힘들어졌다. 물리적인 나이를 부정하고자 하는 데서 비롯된 억지일 것이다. 현재의 오승환이 앞으로 꽤나 건재히 삼성의 불펜을 지킬 수 있을 거라는 사실에는 의심의 여지가 없다. 그러나 괜히 겁이 나는 것이다. 오승환도 나이 먹었다는 말을 듣기 싫은 것이다. 윤성환이 조기 강판하는 모습을 보기 싫은 것이다. 권오준이 책임 주자를 남겨놓고 마운드를 내려가는 모습을 보기 싫은 것이다. 그들의 전성기도 결국엔 지나가게 된다는 것을, 언젠가는 은퇴해야 한다는 것을, 정말로 받아들이고 싶지 않기 때문이다.

타자는 점수를 내는 게 직업인 사람들이지만, 투수는 점수를 지키는 게 직업인 사람들이다. 타자가 삽질해봤자 삼진당하고 덕아웃으로 돌아가겠지만(야수로서의 치명적인 실책은 논외. 아무튼, 논외), 투수가 삽질하면 점수를 잃게 된다. 타자가 부진하면 그 타석에서 안타 좀 못 뽑고 타점 좀 못 올리는 거지만, 투수가 부진하면 그가 마운드에 두 발 딛고 서 있는 내내 지켜야 할 것을 잃어야 한다. 그런 면에서 투수의 쇠락은 더 아프게 다가온다. 그리고 하필, 그 셋이 전부 다 투수라는 것이 삼성의 팬들을 슬프게 만든다.

사람은 누구나 나이를 먹지만, 야구선수는 안 먹었으면 좋겠다. 누구나 가장 빛나는 시절이 왔다 가지만, 야구선수는 늘 가장 밝게 빛났으면 좋겠다. 억지인 것을 알고 있다. 그러나 끝까지 억지를 부리고 싶다. 당신들 스스로 늙었다고 해도, 나는 인정하고 싶지 않다. 누구 맘대로 늙으셨는데요 저는 그런 말 못 들었는데요. 제가 본 야구는 전부 당신들의 전성기였는데, 당신들의 시대였는데, 어떻게 그게 끝나는데요 말도 안 되는데요.

그들이 유니폼을 입고 뛰었던 순간들 속에는 내가 있었고, 내가 야구를 봐 온 순간들 속에는 그들이 있었을 것이다. 그리고 분명히 그들이 마지막으로 유니폼을 입는 순간을, 나는 보게 될 것이다. 영원히 오지 않을 것 같던 이승엽의 은퇴 경기도 결국엔 보게 됐으니까. 그래도 은퇴 전까지는, 그전까지는, 그들이 그라운드에서 뛰는 모든 순간이 나에게 있어 그들의 전성기다. 전성기에 그렇게 삽질하는 게 어디 있냐고요. 정신 빠짝 차려요 이 사람들아.

　팀에서 할배를 담당하고 있는 모든 선수들에게 응원을
보냅니다. 제발 늙지 좀 마세요.

은퇴

잘 가 (가지 마) 행복해 (떠나지 마)

나는 보나 마나 리그 망하지 않는 이상 죽을 때까지 야구를 보겠지만, 야구선수는 죽을 때까지 야구선수일 수 없다. 나이 70 먹고도 야구장에서 커브 던지고 있으면 구단은 노인학대로 고소당해야 된다. 하지만 우리는 야구선수가 나이 70을 먹든 700을 먹든 영원히 야구선수였으면 좋겠다는 생각을 한다. 은퇴하는 거 못 보겠다 이 말이다.

매년 누군가는 처음으로 1군 야구장을 밟아보고, 누군가는 평생을 밟아온 야구장을 떠난다. 신인을 거쳐 팀의 주축이 되고, 고참이 되고, 베테랑이 되고 결국엔 박수받으며 은퇴하는 게 스포츠 선수의 운명이다. 사실 거기까지

도달하지 못하는 선수들도 무수히 많다. 은퇴할 때까지 박수가 아깝지 않을 훌륭한 기량과 인성을 지키기란 참 어려운 일이다.

　2020년에는 권오준이 은퇴식을 치렀다. 정규시즌 마지막 경기가 있는 날이었다. 사실 그 전부터 머지않아 권오준의 은퇴를 보게 되리라는 것을 어느 정도는 예감하고 있었다. 권오준은 한국 프로야구 리그에서 최고참에 접어든 선수였다. 필승조에서 보낸 화려한 왕조 시절은 지나갔고, 이제는 추격조에서조차 얼굴을 간간이 비추는 수준이 됐다. 은퇴가 가까워져 온다는 뜻이었다. 신체가 스탯인 스포츠에서 나이는 어쩔 수 없이 기량을 깎아 먹는다. 영원히 젊음을 유지할 수는 없으니, 어느 정도 나이가 되면 은퇴해야만 한다. 그걸 알고 있는데도, 나는 권오준 은퇴식 중계를 보면서 좀 찌질하게도 눈물을 훔쳤다.

　권오준에 앞서 들려온 박용택과 김태균의 은퇴 소식에 씁쓸해졌었다. 이제는 슬슬 내가 봐 온 야구의 시대가 저물어간다는 것을 인정하고 싶지 않았다. 하지만 그렇다고 해서 지는 석양이 아쉬운 사람을 기다려 주는 법은 없다. 그냥 마지막 빛을 태우며 넘어가는 태양에 작별의 박수를 보내면 되는 것이다.

나는 아직도 이승엽의 은퇴 경기를 직관하지 않은 걸 후회한다. 미친놈아, 그거 왜 안 갔냐. 그때 뭔 일이 있긴 있었는데, 어영부영하다가 결국 못 갔다. 집에서 보면 되지 뭐.

근데 집에 앉아서 중계 트는 순간 방바닥을 굴렀다. 저기 가야 됐는데. 이승엽은 한국 프로야구를 상징하는 선수 중 하나이자 삼성을 상징하는 선수다. 아마 아주아주 먼 미래에 삼성 라이온즈 기념관 같은 게 만들어지면 이승엽 동상이 서 있을 것이다. 무슨 초등학교 가보면 세종대왕이나 이순신 동상 있는 것처럼. 그런 선수의 마지막 경기를 직접 두 눈으로 보지 못한 게, 내 인생에서의 몇 안 되는 후회다.

팬들은 이승엽을 위한 응원가를 목놓아 불렀다. 이승엽은 그에 보답하듯이 은퇴 경기에서 연타석 홈런을 날렸고, 삼성은 눈치 있게도 그날 경기에서 승리를 챙겼다. 이승엽 은퇴 경기에서 지면 그거 뒷감당은 이재용이 와도 불가할 것이었다. 나는 이승엽 은퇴식 시작하기 직전까지도 실감이 안 났다. 이승엽은 은퇴 경기에서도 연타석 홈런을 날린 사람이니까. 저게 어떻게 은퇴할 사람이냐고. 지금 당장 얼간이처럼 어리버리 뛰고 있는 젊은 선수들을 압도하는 기량이었다. 팬들은 애써 모른 척했지만, 이승엽 본인은 너무 잘 알고 있었던 것 같다. 시간은 누구의 편도 아니고, 그건 곧 자신의 편도 아님을 의미한다는 것을.

하여튼 눈물 콧물 다 짜며 이승엽을 보냈는데, 회자정리 거자필반이라고 했던가. 이승엽은 유니폼을 벗더니 양복 입고 중계석에서 삼성 경기를 보고 있었다. 경기 보는데 이승엽 목소리 나오는 게 그렇게 반가운 일이 아닐 수가 없었다.

사실 은퇴한 많은 선수들이 야구와 관련된 일을 하면서 제2의 인생을 시작한다. 코칭 스태프로 현역 때처럼 야구장 잔디를 밟을 수도 있고, 구단 직원이 될 수도 있고, 해설위원이 될 수도 있다. 일단 삼성 거쳐 간 감독들만 봐도 삼성 선수 출신 널렸다. 근데 나는 개인적으로 팀 레전드가 감독 안 했으면 좋겠다. 우리의 아름다웠던 추억 불러오기 해놓고 쌍욕 덮어써서 저장하기 싫어요.

어쨌거나 은퇴한 선수를 다시 야구장에서 만나게 되는 건 너무 반가운 일이다. 근데 문제가 뭐냐면, 야구 안 풀릴 때마다 그냥 멱살 잡고 유니폼 입혀서 야구장에 던져놓고 싶다는 거다. 보고 있지만 말고 해결 좀 해 줘봐요. 우리 정이라는 게 있잖아요. 지금 삼성 투수코치가 국민 노예 정현욱이다. 투수교체 한다고 공 들고 올라올 때 그냥 다 됐고 아저씨가 공 던지라고 소리 지르고 싶다. 경기 안 풀려서 답답해 죽겠는데 이승엽이 중계석에서 뭐라 뭐라 말하고 있으면 그냥 내려와서 대타 한 번만 서달라고 소리 지르고 싶다. 사실 이미 지르고 있다.

은퇴할 때 눈물 짠 게 무색하게도 선수들은 힘차게 인생 2막을 시작한다. 그래도 우리는 그들을 볼 때마다 그의 가장 빛나던 야구를 떠올린다. 권오준은 은퇴했지만, 우리는 세 번의 수술을 견뎌낸 그의 팔꿈치와 한 번도 벗은 적

없었던 파란색 유니폼을 잊지 않을 것이다. 누구나 선수로서 밟고 있던 잔디를 떠나야만 한다. 그러나 선수들도 알고 있을 필요가 있겠다. 평생 야구선수일 수는 없지만, 평생 우리에게 야구선수로 기억된다는 것을. 우리는 당신의 야구를 기억하고 있다는 것을.

그날의 야구일기

20201030

전사를 위하여

2020년 10월 30일, 페넌트 레이스 마지막 경기를 보기에는 늦은 감이 없지 않은 날이었다. 그리고 권오준의 은퇴 경기를 보기에는 아주 많이, 이른 날이었다.

사실 머지않아 권오준의 은퇴를 보게 되리라는 것을, 어느 정도는 예감하고 있었다. 금방 구단 측에서 부인하기는 했어도, 윤성환의 은퇴에 관한 얘기를 기사에서 접했기 때문이었다. 사실 권오준과 윤성환은 한국 프로야구 선수 중에서 이미 최고령에 접어들었다. 이제 더 이상 윤성환은 선발 로테이션을 이전처럼 소화할 수 없고, 권오준은 추격조에서 조차 얼굴을 간간이 비추게 됐다. 박용택과 김태균의 은퇴 소식에도 아낌없는 박수를 보냈지만, 쓸쓸해지는 것은 어쩔 수 없는 일이다. 이제는 슬슬 내 야구의 한 시대가 저물어간다는 것을 정말 인정하고 싶지 않다. 하지만 그렇다고 해서 석양이 나를 기다려줄 리는 없다. 그저 나는, 우리는, 수평선을 넘어가며 마지막 빛을 태우는 태양에게 작별의 박수를 보내면 되는 것이다.

유니폼을 입어보면 생각보다 훨씬 가볍다. 더럽게 비싸긴 한데 기능성 소재라 그런가, 통풍도 잘 되고 그렇다. 지불한 값이 있어서 그렇게 느끼는 걸 수도 있겠지만 아무튼 가볍다. 그런데 권오준의 유니폼은 하나도 안 가벼웠을 것 같다. 45번, 그 천 쪼가리로 새겨진 등 번호가 뭐라고 아주 그냥 천근만근이었을 것 같다. 22년 동안 갑옷만큼 무거운 삼성의 유니폼을 입고 마운드에 버티고 섰던 권오준의 기쁨과 슬픔을 감히 헤아릴 수도 없다. 타자의 공은 화살처럼 꽂히고, 세월은 고삐 풀린 말처럼 갈피를 잃고 질주한다. 세 번이나 칼을 댄 팔꿈치는 영광의 상처쯤으로 취급하기엔 너무 많이 닳아버렸다. 그래도, 전장의 한복판인 마운드에서 버텨냈다. 그래도, 전사는 쓰러지지 않았다.

내가 권오준을 어떻게 기억해야 할까. 화려한 공보다는 강한 공을 던지던 사람. 이름값보다는 선수의 자존심을 지킨 사람. 포기보다는 도전이 어울리는 사람.
다 됐고, 그냥 권오준이라는 이름으로 기억하면 될 것 같다. 그걸로도 넘칠 것 같다.

선수들이여 전사가 되어라. 그렇게 말한 권오준은 정말로 가장 강인한 전사의 뒷모습을 하고 마운드를 내려갔다.
22년의 세월을 버티면서 쓰러지기도 했고, 상처 입기도 했다. 그러나 전사는 마지막까지 마운드에서 묵묵하게 버텼고, 웃는 얼굴로 뛰어 내려왔다. 승리의 뒷모습이라고 말하기에 한 치의 부족함이 없다.

당신이 던진 모든 공이 곧 나의 야구였습니다. 그동안 정말 고마웠습니다.

건강

저승에 중계 나오냐?

야구 얘기하는데 웬 건강이라는 주제가 끼어드나 싶겠지만, 이거 진짜 중요하다. 야구에 있어서 건강은 빼놓을 수 없는 중요한 사안이다. 물론 야구 하는 선수들뿐만 아니라, 야구 보는 우리에게도 해당된다.

나는 위염과 식도염을 달고 산다. 고등학교 때 야자하다가 처음 위경련 와서 실려 갈 뻔했는데, 그 후로 쭉 소화기관 상태가 별로 안 좋은 채로 살아가고 있다. 소화기관 안 좋은 거 알면서도 매운 거, 짠 거, 밀가루 처먹는 것도 이유겠지만, 야구 못 끊는 것도 아주 큰 이유다.

작년에 몸 상태가 아주 좋지 않았다. 일하느라 치여서

몸을 잘 돌보지 못했다. 위가 영 일을 안 했다. 그래서 병원을 제집 드나들 듯이 다녔는데, 의사가 말했다. 스트레스 많이 받으시죠? 이거 다 스트레스 때문이에요. 술이랑 커피 마시지 말고 스트레스 관리 잘하세요. 그냥 알겠다고 답했다. 그러고 집에서 야구 보는데 삼성이 실책 하는 거 보고 진짜 거짓말 안 하고 몸에서 피가 싹 빠지는 것 같은 기분을 느꼈다. 그 순간 깨달았다. 아, 나 야구 때문에 소화가 안 되는 거구나.

야구 잘 모르는 사람들이야 앉아서 편하게 보지만 야구는 절대 편하게 못 보는 스포츠다. 원래 야알못 친구 데려가서 야구 보면 친구는 옆에서 치킨 뜯고 데려간 야빠는 머리 뜯는 법이다. 원래 사람은 두 부류다. 야구 룰도 모르는 일반인과 야구에 미친 광인들. 그리고 후자인 사람들은 대부분 야구로 인한 심리적 요인들로 인해 육체적 고통을 실제로 느껴봤을 가능성이 다분하다.

야구 보다 보면 진짜 어이없는 일이 많이 일어난다. 너무 쉽게 잡을 수 있는 공이 글러브에서 벗어나 떼굴떼굴 굴러간다든가, 투수의 공이 포수 머리 위로 날아간다든가, 사람 아무도 없는 데다가 공을 던진다든가, 포수가 공 잃어버려서 타자 그냥 공짜로 1루 보내준다든가. 주먹보다 작은 공 하나에 덩치 산만 한 남성들이 우왕좌왕하고 그걸 보고 있는 관중들은 유언으로 쌍욕 한 마디 뱉고 픽 쓰러진다. 인생은 멀리서 보면 희극이고 가까이서 보면 비극이라던데, 야구는 그런 면에서 인생과 아주 많이 닮아 있다.

괜히 레전드 야구 관중 짤 같은 것이 탄생하는 게 아니다. 내가 이제껏 중계 카메라에 잡히지 않아 사이버 세상에 박제 안 된 게 천만다행이다. 그래도 야구장 가면 많이 참는 편이다. 내려오라고 고래고래 소리 지를 때가 있긴 한데, 집에서는 야구 보다가 화딱지 나면 진짜 앞 구르기도 하니까 나름 사회적 동물로서의 체면을 지키는 편이라고 볼 수 있겠다. 사람들이 나 야구 볼 때 진짜 앞 구르기 하냐고 많이들 묻던데, 진짜 합니다. 직접 해보세요. 심신의 안정이 찾아옵니다.

야구 때문에 스트레스 받는다는 말은 관용적 표현이 아니다. 진짜 받는다. 야구 보다 보면 머리가 뜨거우면서도 싸해지고, 손발이 차가우면서도 저릿저릿해지다가, 몸에 열이 확 오르고 기절할 것처럼 힘이 빠지는 순간이 오는데 이건 명백하게 신체에 나타나는 증상이다. 한번은 병원 가서 의사한테 쪽팔림을 무릅쓰고 물어봤다. 혹시 제가 야구를 보는데 그게 스트레스의 원인이 될 수도 있나요. 의사가 대답했다. 그럼요. 이런 xx.

진짜 건강 때문에 야구 끊어야 할 때가 왔다. 작년에 한번은 몸이 너무 안 좋아서 경기를 좀 걸렀다. 그냥 누워 있다가 스코어나 확인하고 그랬다. 그랬더니 진짜 좀 괜찮더라. 근데 이게 사람 사는 건가 싶었다. 야구 안 보고 오래 사느니 야구 보고 빨리 뒤질래. 야구 안 보겠다는 결심 삼일을 못 갔다. 내가 이래서 안 된다.

내 트위터 계정 메인에 올려놓은 짤이 하나 있다. '삼성 우승과 삶은 무관' 원래는 삼성이 아니라 롯데인데 지인이 삼성으로 합성해줬다.

그렇다. 삼성 우승과 내 삶은 무관하다. 삼성이 프로야구에서 우승하면 기분은 좋을지 몰라도 내 삶과는 별 관계가 없는 것이다. 계속 이딴 식으로 자아 일치시키면서 일희일비하고 속 끓이다가는 단명할 것이 틀림없다. 그런 뜻에서 야구 보며 스트레스 그만 받자는 취지로 메인에 올려놨다. 근데 웃긴 점은 그 짤 만들어 준 지인도 스포츠 팬이라는 거다. 심지어 F1을 본다. 어느 팀 응원하냐면 르노. 우리는 서로를 핸드폰에 르노삼성이라고 저장해놨다. 건강을 위해서라도 스포츠 끊자고 해놓고 아무도 못 끊었다. 우린 아마 안 될 겁니다.

야구 보는 사람들은 야구 때문에 스트레스받고, 야구 때문에 화나고, 야구 때문에 죽고 싶다. 그렇지만 야구 때문에 웃고, 야구 때문에 즐겁고, 야구 때문에 산다. 그래서 우리는 건강을 챙겨야 한다. 야구 때문에 있는 수명도 깎아 먹으니까, 운동 열심히 하고 좋은 거 많이 먹어서 야구 보느라 깎아 먹은 수명을 상쇄시켜야 된다. 그래야 살아서 야구 보지.

야구도 살아야 봅니다. 죽으면 야구 못 봅니다. 저승을 안 가봐서 거기 중계가 나오는지 안 나오는지 모르겠지만. 어쨌거나 다들 건강 챙기면서 야구 봅시다. 저도 개막을 기다리면서 배도라지즙에 비타민D, 아연, 칼슘, 마그네슘 챙겨 먹습니다. 건강 챙기고 꼭 살아서 야구 봅시다. 삼성은 양심 있으면 내 약값이나 좀 보태시고요.

인생이 한 편짜리 영화라면

'주연이 있다면 조연이 있다고도 생각하기 때문에, 나는 내가 맡은 조연이라는 역할에 충실하려고 한다.' 삼성의 콩쥐 김대우가 2020년 7월 16일 경기 인터뷰에서 남긴 말이다.

고졸 신인 허윤동이 흔들리며 1회에 2점을 준 후 일사 만루를 만들고 내려갔을 때 올라온 투수는 역시, 김대우였다. 1점을 주기는 했으나 만루 상황에서 잘 틀어막았고, 김대우는 그 후로도 마운드에서 악착같이 버텼다. 김대우는 5와 3분의 2이닝, 84구, 2피안타 5K 무실점을 기록하며 초반부터 크게 기울 뻔한 경기를 멱살 잡고 일으켰다. 오늘 이 선수 없이 삼성의 승리는 없었을 것이다.

김대우는 삼성의 소방관이자 콩쥐로서 제 몫을 충분히 해내고 있다. 선발이 필요할 땐 선발로, 불펜이 필요할 땐 불펜 요원으로 뛰어주는 선수. 불난 마운드 위에 묵묵히 올라와 낮은 공으로 불을 끄는 선수. 그런 선수가 자신이 주연이 아님을, 조연임을 아주 담담하게 말할 때 짧고 쉬운 말로 설명할 수 없는 감정이 휘몰아치는 것을 느꼈다.

우리는 대부분 인생의 주인공이 '나'라고 생각하며 살아간다. 세상의 중심은 나이고, 나를 위해 세상이 존재하는 것처럼 느끼는 시기를 거치지 않는 이는 거의 없을 것이다. 그러다가 언젠가는, 그 확고한 믿음에 금을 내는 놈을 만나게 된다. 그게 공부든, 돈이든, 직장이든, 사랑이든, 가족이든, 무엇이든 간에.

커가면서 점점 알게 됐다. 아, 인생을 정말 화려한 주인공처럼 살 수는 없는 거구나. 그런 인생을 누릴 수 있는 사람은 애초에 몇 되지 않는구나. 꽤 괜찮게 생긴 줄 알았던 내가 원하는 아이의 관심을 끌지 못했을 때, 똑똑한 줄 알았던 내가 생각보다 별 볼 일 없는 등수가 찍힌 성적표를 받았을 때, 멋진 어른이 될 줄 알았던 내가 그냥 돈을 좇는 직장인이 되었을 때. 나는 어떤 명장면의 배경과 같은 인생을 살고 있는 것 같다는 생각을 한다. 포장마차에서 이거 마시면 우리 사귀는 거다, 하는 커플 뒤에서 초점도 잡히지 않은 채 닭똥집에 소주나 마시는 사람이 된 것 같다는 생각을 한다.

'내 인생의 주연은 나'라는 공식이 깨지기 시작하면, 이루 말할 수 없는 절망감을 느끼게 된다. 내 인생의 주연이 내가 아니라면, 나는 도대체 무엇을 위해, 어떻게, 내 인생을 살아가야 하지?

우리는 우리의 인생을 한 편의 영화라고 여기면서, 그 영화 속에서 나를 애타게 찾아 헤맨다. 아직 끝맺어지지 않은 필름을 수없이 돌려보면서, 내가 나오는 장면이 몇이나 되는지 불안한 마음으로 되짚는다. 그리고 앞으로 남은 나의 분량은 어느 정도일까, 초조해하며 살아간다.

그러나 우리가 잊고 있는 사실이 있다. 내 인생이 내가 만드는 영화라면, 나는 배우가 아니라 감독이어야 한다는 것이다. 물론 내가 찍고 내가 나오면 얼마나 좋겠냐마는, 기본적으로 둘 다 하면 힘드니까요. 하나만 한다고 하면 그건 감독이어야지, 배우일 수는 없다는 얘기다. 인생의 모든 신(Scene)들을 모아보면, 그 모든 것들은 나에 의한, 나를 위한, 나의 신일 것이다. 내가 메가폰을 들었기에 담긴 장면이고, 내가 의미를 부여했기에 필름에 실린 장면이다.

인생이 내가 찍는 한 편짜리 영화라면, 나는 나의 영화에 무수히 많은 이들을 출연시킬 것이다. 누구부터 나오게 하지. 일단 엄마, 엄마를 빼놓을 수 없지. 그리고 나랑 10년 넘게 어울려준 친구들. 그 새끼들도 빼놓을 수 없다. 공부뿐 아니라 인생을 가르쳐주신 선생님들도 나와주셨으면 한다. 날카롭지는 않고 축축했던 것 같은 첫 키스 상대도, 사람 보는 눈을 알려줬던 첫 연애 상대도, 좀 그렇지만 나오기는 해야겠지. 알바 시절 대판 싸웠던 사장 새끼분도 나오셔야겠다. 미친 손님 새끼분도 나오세요. 중요한 사건이었거든요 xx새끼들아. 내 케이팝 역사를 함께한 분들도 안 나올 수가 없네. 자 oppa들 나와주세요. 아이고 왜 이렇게 많아 이런 xx 그만 나와주세요. 아직도 케이팝 못 그만둔 친구들도 꼭 나와주세요. 얘들아 우리 언제까지 이러고 살까.

그리고 나와 함께 했고, 함께 하고 있고, 함께 할 희대의 적폐구단 삼성 라이온즈도 잔말 말고 나오세요.

이렇게 보면, 내 인생의 주연이 누군지 분간할 수 없다. 어쩌면 내 인생은 주연 없이 수많은 조연으로 이루어진 괴상하기 짝이 없는 영화일지도 모르겠다. 그러나, 그 조연들 없으면 내 인생은 무슨 의미가 있겠는가. 오직 나 홀로 화려하고 아름다운 모습으로 영화의 시작부터 끝까지 누비는 그림은, 다시 생각해보면 조금 끔찍한 것 같다.

내 인생이라는 영화에 어떤 이가 불쑥 나타날지, 얼마나 중요한 역할을 꿰찰지, 아쉽게도 나는 알 수 없다. 그리고 그걸 거부할 수도 없다. 그러나 그 장면에 어떤 의미를 붙일지, 그 장면을 어떤 색감으로 남길지, 그 장면에 어떤 음악을 삽입할 것인지는 오롯한 나의 권리다. 그리고 가장 중요한 하나. 제목을 정하는 것 또한 나의, 감독의 일이다. 내 인생의 이름을 짓는 일은 나만이 할 수 있는 설레는 일이다.

내 인생의 주연은 내가 아니라는 것이 왜 그렇게도 절망적으로 다가오는 걸까. 아마, 초라한 자신을 마주하기 때문일 것이다. 무력한 자신을 마주하기 때문일 것이다. 그럴 때는 내 인생의 모든 장면을 내가 찍고 있음을 잊지 말아야 한다. 빨간 불은 켜져 있고, 필름은 돌아가고, 나는 메가폰을 들고 있다.

김대우가 한 경기의 주연이 아닐지언정, 한 시즌의 주연이 아닐지언정, 삼성 구단 역사의 주연이 아닐지언정. 김대우가 알아줬으면 좋겠다. 7월 16일의 김대우는 꽤 많은 사람의 인생에 출연하게 됐다는 것을.

인생이라는 영화를 찍는 일은 때때로 꽤나 버겁지만, 그게 메가폰의 무게인 것을 어찌하겠는가. 내 인생의 마지막, 엔딩 크레딧이 올라갈 때 새겨질 활자들을 생각하며 그 무게를 견딘다. 제목은 미정, 감독은 나, 그리고 수많은 출연진들.

여러분, 우리 영화 아직 반도 못 만들었습니다. 열심히 만들어봅시다. 아좌좌!

죽어야 끝나는 야구 환장 라이프

2021년 4월 21일 초판 1쇄 | 2024년 11월 19일 7쇄 발행

지은이 쌍딸
펴낸이 이원주

콘텐츠개발실 정혜경, 홍윤선
마케팅실 양근모, 권금숙, 양봉호, 이도경 **온라인홍보팀** 신하은, 현나래, 최혜빈
디자인실 진미나, 윤민지, 정은예 **디지털콘텐츠팀** 최은정 **해외기획팀** 우정민, 배혜림, 정혜인
경영지원실 홍성택, 강신우, 김현우, 이윤재 **제작팀** 이진영
펴낸곳 팩토리나인 **출판신고** 2006년 9월 25일 제406-2006-000210호
주소 서울시 마포구 월드컵북로 396 누리꿈스퀘어 비즈니스타워 18층
전화 02-6712-9800 **팩스** 02-6712-9810 **이메일** info@smpk.kr

© 쌍딸(저작권자와 맺은 특약에 따라 검인을 생략합니다)
ISBN 979-11-6534-331-6(03810)

쌤앤파커스(Sam&Parkers)는 독자 여러분의 책에 관한 아이디어와 원고 투고를 설레는 마음으로 기다리고
있습니다. 책으로 엮기를 원하는 아이디어가 있으신 분은 이메일 book@smpk.kr로 간단한 개요와 취지,
연락처 등을 보내주세요. 머뭇거리지 말고 문을 두드리세요. 길이 열립니다.